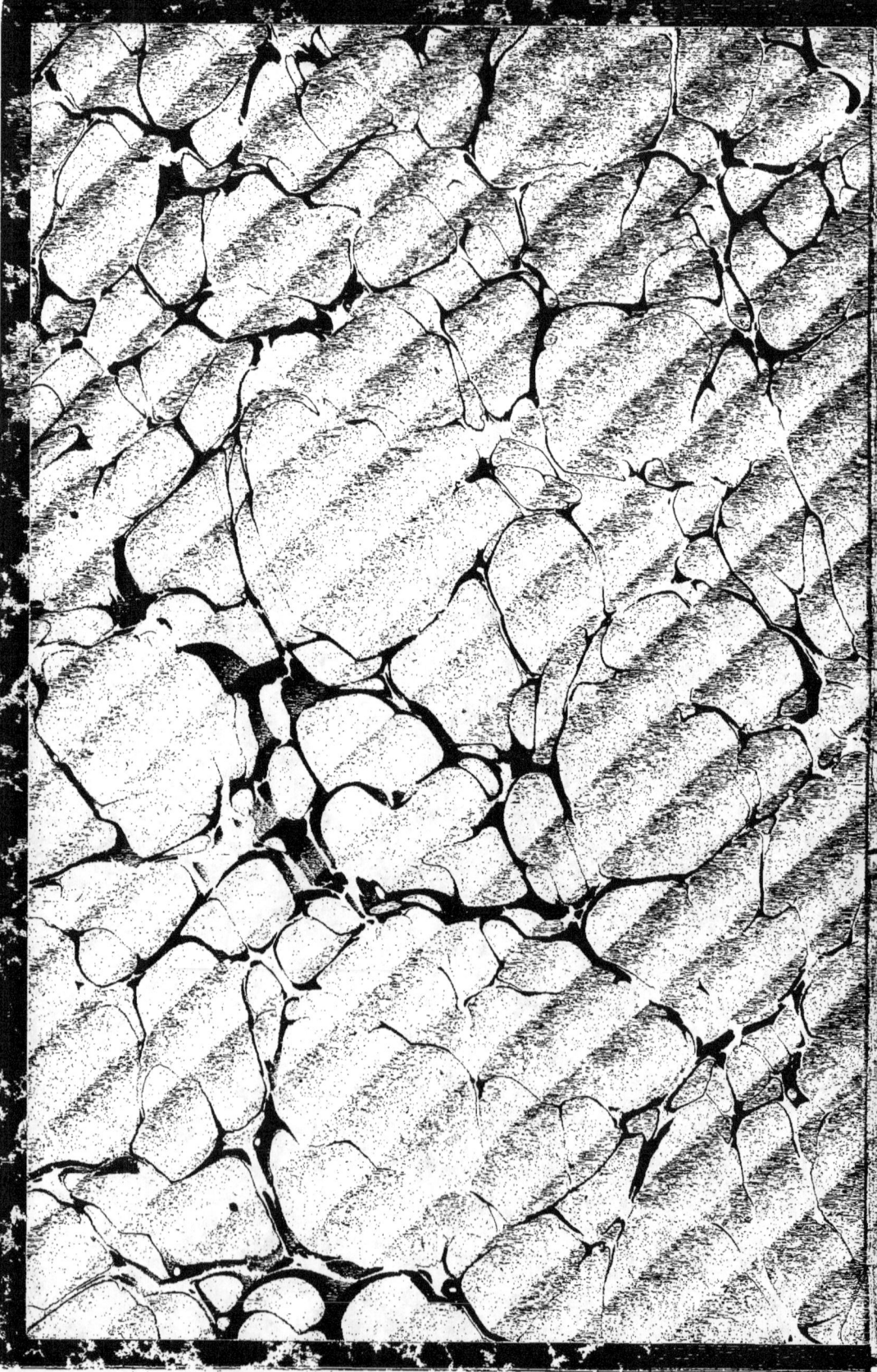

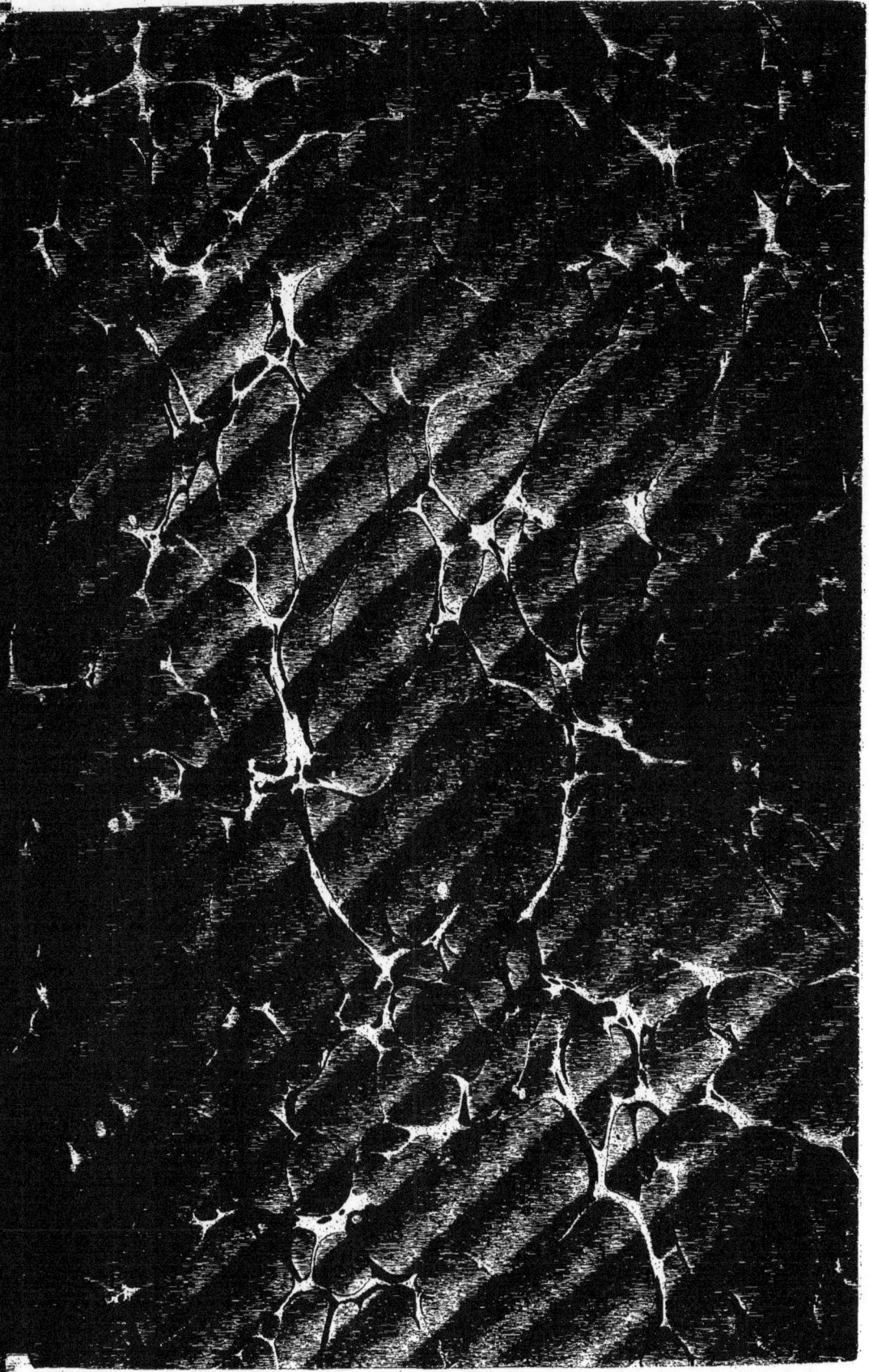

L'HOMME NOIR

DRAME

PAR

XAVIER FORNERET.

L'HOMME NOIR.

MPRIMERIE DE E. DUVERGER,
RUE DE VERNEUIL, N° 4.

L'HOMME NOIR

DRAME EN CINQ ACTES,

PAR

XAVIER FORNERET,

AUTEUR DE DEUX DESTINÉES, DRAME, ET DE VINGT-TROIS TRENTE-CINQ,

COMÉDIE-DRAME.

Regardez-le. Voilà l'Homme Rouge qui passe.

.VICTOR HUGO.

PARIS.

J.-N. BARBA, LIBRAIRE,

PALAIS-ROYAL, GRANDE COUR, DERRIÈRE LE THÉATRE-FRANÇAIS.

1835

Quoique l'auteur, par crainte de refus, n'ait point offert son troisième ouvrage à une direction théâtrale, il a cependant écrit son cinquième acte plutôt pour être représenté que pour être lu. Il a cherché une innovation dramatique dans un personnage qui ne quitterait point la scène, comme un mourant ne quitte pas sa chambre; il a cherché à rendre cette progression diminutive dans la transition de la vie à la mort; il a essayé de faire dire à quelqu'un jeune, sans reproches et qui se meurt, des paroles qu'on recueille souvent de la bouche d'un homme à son heure dernière. L'auteur a pensé, enfin, qu'une agonie pouvait bien durer quatorze minutes.

Qu'il ressemble à quelque chose, que quelque chose lui ressemble, ou, si l'on veut, qu'il ne ressemble à rien, ce drame est entièrement mon ouvrage sans aucune pensée d'imitation : je le jure.

Xavier FORNERET.

Samedi, une heure et demie du matin. — 1835.

L'auteur se permet de dire son âge : — vingt-cinq ans. — Certes, ce n'est pas pour que le public admire davantage (si l'auteur a un public), mais pour qu'il soit moins sévère.

Ils riront peut-être ; qu'ils me le disent, je
rirai avec eux.

Encyclopédie Comique.

L'Homme Noir.

PERSONNAGES.

BÉNITA DE RIMBO.

LE BARON DE RIMBO , son époux.

GUITTA , leur fille adoptive.

ARTHUR DE RIMBO.

THÉODORE MAKER , ami d'Arthur.

BÉNINI , marquis de Rudjio.

JULIA , sa femme.

L'ABBÉ BOREL.

LA COMTESSE DE DURASS.

VALENTINE , sa femme de chambre.

LE VICOMTE D'ARBROL.

LE MARQUIS DU VIGNAL.

FRANK , intendant du château de Rimbo.

UN SOUS-INTENDANT.

PIERRE LEPARISIEN.

MARTHE , garde-malade.

PERSONNES INVITÉES A UN BAL.

FOULE DE RUSTRES.

HOMMES ET FEMMES.

DOMESTIQUES.

Quatre actes se passent dans le Dauphiné ; le cinquième à Paris, vers la fin du dix-huitième siècle.

———

Les personnages sont placés en tête de chaque scène comme ils doivent l'être pour la représentation ; le premier occupe la gauche du théâtre.

Première Heure,

2

PERSONNAGES.

BÉNITA.

GUITTA.

ARTHUR.

THÉODORE.

L'abbé BOREL.

FRANK.

Domestiques.

ACTE PREMIER.

———◦◦◦◦◦———

Le théâtre représente un antique salon; dans le fond, une grande porte ouverte sur un vaste jardin. Plusieurs issues latérales.

———

SCÈNE PREMIÈRE.

BÉNITA, GUITTA.

Toutes deux travaillent à des broderies, assises sur un canapé à gauche du théâtre.

BÉNITA.

Ton dessin de broderie est charmant.

GUITTA.

Vous trouvez, ma mère?

BÉNITA.

Qui l'a choisi?

GUITTA.

Votre *aimée*.

BÉNITA.

Toi, *chérie?*

GUITTA, d'un ton tendrement familier.

Oui, *bonne*.

BÉNITA.

Ma fille, il ne faut plus te servir de ce mot d'enfant.

GUITTA.

Est-ce qu'il vous déplaît?

BÉNITA.

Si nous devions passer notre vie sans cesse ensemble et seules, je te dirais : appelle-moi toujours *bonne*.

GUITTA.

Se peut-il que nous nous quittions?

BÉNITA.

Peut-être.

GUITTA.

Comment?

BÉNITA.

Et un mari pour ma Guitta.

GUITTA.

Un mari!

BÉNITA.

Sans doute. Sais-tu que tu auras bientôt dix-huit ans? Souvent alors on quitte mère et patrie, pour amour ou nécessité.

GUITTA.

J'ignorais que cela fût possible.

BÉNITA, souriant, et avec hésitation.

Songe donc, quand on aime d'amour.

GUITTA.

Oui... d'amour.

BÉNITA.

Guitta, quoi qu'il arrive, n'oublie jamais ta mère.

GUITTA.

Quand on oublie sa mère, c'est le ciel qui ne pense plus à vous.

BÉNITA.

Ne trouves-tu pas mes paroles étranges, mon enfant?

GUITTA.

Lesquelles?

BÉNITA.

« Quand on aime d'amour. »

GUITTA.

J'ai dix-huit ans, ma mère.

BÉNITA, soupirant.

Et moi, trente-six.

GUITTA.

Ils vous pèsent peu.

BÉNITA.

Comment cela?

GUITTA.

Votre front est blanc et uni.

BÉNITA.

Tu flattes, Guitta.

GUITTA, avec élan du cœur.

Ma mère, vous êtes belle!

BÉNITA.

L'innocence et la naïveté me le disent, il faut
bien que je le croie. — Et toi, enfant, si je suis
belle, tu es à admirer et surtout à aimer.

GUITTA.

Ma mère, je suis votre fille.

BÉNITA, jetant les yeux sur l'ouvrage de Guitta.

Eh bien! ma fille, où est maintenant votre tête?

GUITTA, hésitant.

Mais... ici.

BÉNITA.

Cette rosace doit terminer la broderie, et tu
commences par elle.

GUITTA.

C'est qu'il y a des lettres, un chiffre...

BÉNITA, étonnée.

Un chiffre, des lettres! — Et de quel nom?

GUITTA.

Du vôtre... ma mère...

BÉNITA.

Tu ne m'en disais rien.

GUITTA.

Je voulais vous surprendre.

BÉNITA.

Et demain, ta robe de bal?...

GUITTA.

Sera ornée de votre nom, Bénita de Rimbo.

BÉNITA, se levant.

(A part.) Cela fait aussi Benini de Rudjio... Quel soupçon, grand Dieu!... (souriant.) Je suis folle... (se replaçant auprès de Guitta.) Embrasse-moi, ma Guitta.

GUITTA se jette au cou de la baronne, et après l'avoir embrassée.

Oh! un baiser de mère repose de toute peine; c'est la rosée qui rafraîchit une fleur.

BÉNITA.

Quel chagrin donc pour Guitta!

GUITTA, d'un air embarrassé.

Aucun, je vous assure...

BÉNITA.

Tes lèvres ont tremblé, et tu ne me regardais
pas en me répondant.

GUITTA, saisissant avec finesse sa présence d'esprit.

Pour mes lèvres, c'est ma soie qui ne cédait
pas; quant à mon regard baissé, je fais les lettres.

BÉNITA, sans être persuadée.

J'approuve cette application.

GUITTA.

Je ne veux pas d'autre récompense.

BÉNITA.

Et ces étoffes dorées, ces velours que tu désires?

GUITTA.

De Dieu par vous j'ai reçu une ame; je la sens
qui m'élève! — Alors plus d'étoffes dorées.

BÉNITA.

Quel changement!

GUITTA.

Chaque jour il augmente, et chaque jour je vous aime davantage.

BÉNITA.

Et les bals, les bals! le monde...

GUITTA, préoccupée.

Ah! oui... les bals, le monde...

BÉNITA.

De plus en plus vous m'étonnez, Guitta.

GUITTA.

Par quoi, ma mère?

BÉNITA.

Par votre folle raison.

GUITTA.

Eh bien! les bals, les plaisirs, oui, pour ma mère j'aimerai tout cela.

BÉNITA.

Bien, mon ange. — Tu oubliais, je le vois, les personnages qui seront à ma fête de demain;

(regardant Guitta fixement.) le vicomte d'Arbrol, le marquis du Vignal, le marquis de Rudjio...

Guitta tressaille.

UN DOMESTIQUE, entrant.

Le maître de chant de mademoiselle est au piano.

On entend un piano dans un appartement éloigné. — Le domestique sort.

BÉNITA.

Va, mon enfant.

GUITTA, soupirant.

Oui, ma mère.

Elle va pour sortir emportant sa broderie.

BÉNITA.

Laisse-moi ton ouvrage; je veux finir le chiffre. (avec un peu d'une ironie mal déguisée.) Ta pensée y sera toujours, et merci pour elle.

Guitta sort.

SCÈNE DEUXIÈME.

BÉNITA, seule.

Après avoir regardé autour d'elle et s'être levée.

Oui, seule avec mes souvenirs, mes craintes et
mon amour. Les souvenirs peuvent déchirer, les
craintes être fondées, et pour compensation, l'a-
mour! l'amour qui brusque tout d'un caprice;
qui, semblable à l'enfant qui bâtit des maisons,
fait, défait et reconstruit de nouveau un bonheur
qui s'écroule encore. — C'est aussi un enfant, lui,
l'amour; enfant dont le cœur rebondit d'illusions
et qui rejette chaque main qui l'a touché, stupéfaite, anéantie, pétrifiée. — Oh! devrais-je dire
cela, moi? moi qui, l'âme soufflée d'air italien,
ressens par une effrayante chaleur toute la place
qu'il peut tenir dans la vie de Bénita. — O mon
Dieu! veille sur Bénita; car ce chiffre signifie aussi...
(Pendant cette sène elle a tenu la broderie de Guitta, qu'elle a froissée
dans ses mains. La regardant elle a dessein de la déchirer; mais, par
une réflexion subite :) Pas encore.

Elle se rassied à la place qu'elle occupait.

SCÈNE TROISIÈME.

BÉNITA, GUITTA.

BÉNITA, étonnée de voir revenir Guitta.

Ta leçon est déjà terminée?

GUITTA, s'asseyant.

Comme mon maître enseigne pour la gloire,
il reviendra demain. (à part.) Je suis libre aujour-
d'hui.

BÉNITA.

Je comprends.

GUITTA.

Excusez-moi, ma mère.

BÉNITA.

De grand cœur, si tu me fais connaître la cause
de ta mauvaise disposition.

GUITTA.

Il fallait presque rire, et je pleurais.

BÉNITA, avec une légère impatience.

Ce n'est point l'effet que je demande, c'est la cause.

GUITTA, timidement.

Je l'ignore.

BÉNITA.

Voyons tes yeux.

GUITTA lève les yeux et se rapproche de sa mère ; puis, d'un ton caressant et craintif.

Ma mère !

BÉNITA.

Ne crains rien ; dis moi tout, et je pardonne.

GUITTA.

Oh ! vrai ?

BÉNITA, avec impatience.

Dis...?

GUITTA.

Vous ne rirez pas de votre fille ?

BÉNITA.

Dieu m'en garde !

GUITTA.

Eh bien!... je crois que j'aime d'amour.

BÉNITA, vivement.

Qui ?

GUITTA.

Je vais me hâter de vous faire cet aveu.

BÉNITA.

Vous abusez de ma patience.

GUITTA, tremblante.

J'aime... le marquis de Budjio.

BÉNITA, réprimant un mouvement d'une surprise pénible.

En effet, c'est étrange.

GUITTA, pleurant et cherchant à embrasser la baronne qui la
repousse.

N'est-ce pas, ma mère, que je suis bien malheureuse ?

BÉNITA.

Il faut abandonner cette folie de votre cœur.

GUITTA.

Oui, oui... pour que je redevienne votre Guitta;
car vous êtes fâchée.

BÉNITA, dissimulant.

Fâchée, non; mais je vois avec peine vos dix-huit ans s'occuper d'un homme qui en a trente-cinq.

GUITTA.

Oh! que faire?

BÉNITA.

N'y plus penser.

GUITTA.

Mais une mère qui dit à son enfant : « Oublie l'objet de tes affections, de ton culte; ainsi le veulent la société, les convenances; » cette mère doit tenir plein pouvoir de Dieu pour changer le cœur de sa fille, n'est-ce pas? Oh! prenez le mien, ma mère! mon Dieu!... ma mère, guidez-moi, aimez-moi surtout; je ne veux plus que votre amour.

BÉNITA.

Le marquis vous aurait-il parlé du sien?

GUITTA.

Jamais.

BÉNITA, comme soulagée d'un grand poids.

(A part.) Ah !... (à Guitta.) Depuis quand de pareilles idées te sont-elles venues ?

GUITTA.

Depuis le jour où M. de Rudjio se présenta chez vous. Il n'y a pas eu de l'amour tout de suite ; mais à présent... Oh ! maintenant...

BÉNITA, reprenant son air sévère.

De la raison, si vous voulez mon amitié.

GUITTA.

Quoi qu'il arrive, vous me la garderez ; n'est-ce pas que le contraire est impossible ?

BÉNITA.

Peut-être.

GUITTA.

Vous voulez m'effrayer comme on effraie les enfants.

BÉNITA.

J'ai dit : Peut-être ; et je ne reviens pas sur ce que j'ai dit.

3

GUITTA.

Embrassez-moi, ma mère.

BÉNITA, la repoussant doucement.

Encore une question, Guitta; le marquis s'est-il aperçu de votre amour pour lui?

GUITTA.

Non, non... (se rappelant.) Cependant...

BÉNITA.

Cependant?

GUITTA.

Un jour ma main me parut frémir sur la sienne.

BÉNITA.

Comment donc sa main se trouvait-elle sous la vôtre?

GUITTA.

Toutes deux s'étaient rencontrées pour tourner un feuillet de romance.

BÉNITA.

Et qu'avez-vous ressenti?

GUITTA.

Mon ame demandait grace au bonheur.

BÉNITA.

(A part.) Comme elle l'aime! (à Guitta.) Je ne puis interdire brusquement ma maison au marquis; mais vous, vous ne le verrez plus après le bal de demain.

GUITTA.

Quoi! plus de musique ensemble?

BÉNITA.

Surtout plus de musique; chaque note est un mot d'amour.

GUITTA.

Et si je l'oubliais, le reverrais-je?

BÉNITA.

Jamais, ma fille, jamais! (avec calme.) A quoi bon, au reste?

GUITTA, tristement et naïvement.

C'est vrai, si je l'oublie.

BÉNITA.

Le marquis retournera à Milan, sa patrie, la mienne, que je ne puis regretter; j'étais si jeune lorsque je l'ai quittée!

GUITTA.

Dites-moi, ma mère, aime-t-on bien à Milan ?

BÉNITA.

Je suis Milanaise.

GUITTA.

Je ne vous comprends pas... (tout à coup.) Ah!
oui, pardon.

BÉNITA.

Je pardonne et j'embrasse.

GUITTA.

Merci, ma mère.

BÉNITA.

Non, car je t'embrasse parce que je t'aime; et
pour preuve... — (Elle déchire la broderie.) qu'il ne soit
plus question de rien.

GUITTA, profondément triste.

Je tâcherai de vous obéir. En revanche aussi,
n'est-ce pas, vous me parlerez de mon père;
nous pleurerons ensemble; et les larmes d'une
fille tendre adouciront l'amertume des vôtres.

BÉNITA, repoussant un souvenir.

Tais-toi, Guitta.

GUITTA.

Oh! vous l'aimiez, mon père?... Et lui!... Frank
disait que vous étiez son idole.

BÉNITA.

Pourquoi Frank disait-il cela?

GUITTA.

Parce que mon frère lui demandait s'il l'avait
connu; Hélas! non, a repondu Frank.

BÉNITA, avec un peu de dépit.

De quoi va s'occuper mon intendant?

GUITTA.

Ne le grondez pas; il m'a fait souvenir qu'un
soir j'avais été pressée par des bras convulsifs;
qu'alors, un visage épanchait sur moi des baisers et des pleurs. — Oui, oui, je me rappelle
ces pleurs et ces baisers... O mon père! je rece-
vais tes adieux, car dès ce jour je cessai de
te voir. Oh! parlez-moi de mon père, ou de cet

homme qui m'embrassait avec frénésie; et puis j'oublierai tout, même le marquis de Budjio.

BÉNITA est poursuivie par une seule idée. A Guitta.

Toujours le marquis !

GUITTA.

L'amour ne s'éteint pas comme un son de parole.

BÉNITA.

Songez à votre promesse.

GUITTA.

Dieu aidant, je la tiendrai; mais, mon père ! ne saurai-je donc pas s'il nous reviendra ?

BÉNITA, froidement.

Il est mort.

GUITTA, sans émotion.

Vous me voyez, et vous devinez; je ne vous crois pas.

BÉNITA.

La vérité, la veux-tu ?

GUITTA.

Je la demande en prières.

BÉNITA.

Eh bien! j'avais désiré revoir mon pays; le baron accorda ce voyage; et à notre retour en
France il quitta le château pour n'y plus reparaître. — Vous aviez dix ans, et votre frère
douze.

GUITTA.

Se peut-il?

BÉNITA.

Cela est. — Alors un intendant et son aide
me devinrent nécessaires. — Depuis que j'ai
Frank, je crois au dévouement.

GUITTA, avec désespoir et effroi.

Oh! s'il était mort!

BÉNITA.

Je te le disais.

GUITTA.

Mais vous ne pleurez pas.

BÉNITA.

On ne peut sans cesse avoir des larmes; on
craint, on espère, et puis....

GUITTA.

On oublie, vous croyez?

BÉNITA.

Cela dépend de ceux qui frappent le cœur.

GUITTA.

Oh! il me semble qu'on se souvient toujours du père de ses enfants.

BÉNITA.

Guitta...

GUITTA.

Pardonnez-moi encore.

BÉNITA.

Et si je voulais une excuse, je serais obligée d'avouer que le baron de Rimbo m'était insupportable. Son caractère farouche et entier m'arrachait chaque jour des heures de vie. — J'étais riche, il avait un nom, et il fut dit : Ils seront heureux. Les vieillards! ils sacrifient; et leur ame perdue sous les glaces de l'âge ne songe point aux douleurs de la victime.

GUITTA.

Ma mère !

BÉNITA.

Reposez-vous sur moi du soin de veiller sur vous. (se levant.) Venez partager mes ennuis pour les plaisirs de demain. Venez, je vous attends.

Elle sort par la droite en regardant Guitta et en lui indiquant d'enlever les morceaux de la broderie déchirée.

SCÈNE QUATRIÈME.

GUITTA, seule, faisant ce que lui a prescrit la baronne, et après
avoir retrouvé les lettres du chiffre.

Pauvre chiffre! on t'a mis en morceaux; mais
la pensée, seule chose au monde qui ne soit point
esclave, elle l'a dit : « La pensée y sera toujours.»
(jetant un regard sur l'issue par où la baronne est sortie.) Quel mélange de douceur et de sévérité! comme les sen-
timents se heurtent, se croisent dans l'ame de la
baronne, de ma mère ! (Elle pousse un soupir,) D'où
vient qu'en sa présence je suis contrainte, em-
barrassée, et que tout ce que j'éprouve est à la
fois tendre et pénible? Souvent je réfléchis à ses
paroles, à ses actions; alors je deviens triste et
pensive. — Quand je l'approche et l'embrasse, il
se passe en moi quelque chose que je crains de
m'avouer. Si je m'abandonne à mon amour de
fille, ce n'est qu'en oubliant ma mère; enfin si
ma tête est penchée sur sa poitrine, si j'entends
battre son cœur, je suis effrayée·.·chaque pulsa-

tion semble me repousser et me dire : Éloigne-
toi, jeune fille; redoute ma violence, elle peut
t'être funeste. — Et puis le souvenir de l'homme
en pleurs s'offre à mon imagination; ce n'est
plus auprès de la baronne que je suis; non, la
femme a disparu; et presque aussi long-temps
que je veux, l'illusion se prolonge. Mais quand je
relève la tête, je vois des yeux qui me fuient, je
sens des bras qui se dégagent; alors je demeure
insensible et froide; puis, après cet état de pénible extase, une nouvelle vie m'anime... Le marquis de Rudjio, avec son image qui efface toutes
les autres, m'apparaît tout à coup; c'est le soleil
qui succède à la nuit. — J'aime, j'espère, je suis
heureuse.

BÉNITA, appelant du dehors.

Guitta, Guitta !

Guitta s'empresse de sortir par la droite, d'où elle est appelée.

SCÈNE CINQUIÈME.

ARTHUR ET **THÉODORE** arrivant ensemble par la
gauche.

ARTHUR. Il est pâle.

Par ici, mon ami; viens, que je te présente à
ma mère.

THÉODORE.

Volontiers, cher Arthur. Je suis si content de
te voir, que tu peux faire de moi tout ce que tu
voudras.

ARTHUR.

Bien sûr ?

THÉODORE.

En vérité.

ARTHUR.

Alors, je te garde au moins deux mois.

THÉODORE.

Et la médecine?

ARTHUR.

Elle se passera bien de toi pendant ce temps.

THÉODORE.

Dis-moi, Arthur; m'approuves-tu dans la profession que j'embrasse?

ARTHUR.

Si je t'approuve?

THÉODORE.

Tu vas plaisanter.

ARTHUR.

Jamais sur un art qui peut sauver ce qu'on allait perdre. L'homme qui rit des médecins est celui qui croit vivre long-temps sans souffrir. C'est cette santé de chérubin qui agite son ventre gonflé d'entrailles; glissant sur la médecine une plaisanterie grossièrement bouffonne, accompagnée d'un sourire qui rend grave, tant la plaisanterie est neuve, tant le sourire est spirituel et fin!

THÉODORE.

Toi, tu ne me sembles pas rire.

ARTHUR.

Je pleurerais plutôt, si je ne craignais de me
moquer de moi. Écoute ce que je me répète
chaque jour. Santé, pourquoi me fuis-tu? que
t'ai-je fait? Jamais aucun excès ne t'a bravée; être
ton plus sincère ami, faire de toi ma société in-
time, voilà quels ont toujours été mes vœux
les plus ardents.—Te rappelles-tu ces beaux jours
passés ensemble? A leur souvenir j'éprouve joie
et chagrin. Si étroitement unis, il me semblait que
rien ne pouvait nous séparer. Mais est-ce moi qui
l'ai rompu, ce lien que je désirais éternel? Ingrate!
moi qui te consacrais tous mes instants, toute ma
sollicitude; voilà donc le prix de tant d'amour!
Tous ces reproches partent du fond de mon cœur;
mais si tu revenais à moi, il te pardonnerait tous
les maux causés par ton absence; le passé ne
serait plus pour lui qu'un songe, et il bénirait
ce retour, charme et délices d'une vie toute à toi.

THÉODORE.

C'est alors que tu plaisantes.

ARTHUR.

Regarde-moi, Théodore.

THÉODORE.

Vraiment, je vois bons yeux et frais visage.

ARTHUR.

Faut-il que le médecin soit menteur, ou que le menteur soit médecin ?

THÉODORE.

Voudrais-tu donc que nous dissions sans cesse : Mort! mort?

ARTHUR.

C'est bien ; laissez mourir en paix.

THÉODORE.

Et vivre aussi, cher Arthur.

ARTHUR, soupirant.

Je n'espère plus...

THÉODORE, souriant.

A vingt ans !—L'espoir est un flambeau que

Dieu nous donne pour éclairer notre vie; garde-toi de l'éteindre.

ARTHUR.

Mais quand la réalité souffle.

THÉODORE.

Allons, c'est la folie qui agite ses grelots.

ARTHUR.

Mes plaintes ne sont que pour mes amis; résigne-toi à m'entendre encore.

THÉODORE.

Aussitôt que tu parleras maladies je t'abandonne.

ARTHUR.

C'est cela! comme un condamné par la science.

THÉODORE.

Enfant! l'air qui ruisselle dans les campagnes du Dauphiné te manque-t-il?

ARTHUR.

Il m'est épais partout.

THÉODORE.

Gravis ces montagnes; (Il indique le fond du jardin.) arrête-toi, regarde et contemple cette nappe d'argent du Rhône, posée sur une table de verdure, et qui, semblable à un serpent qui siffle furieux, se glisse de temps à autre sous les rochers pour reparaître de nouveau.

ARTHUR.

Crois-tu que ce puisse être cela qui me fasse vivre ?

THÉODORE.

L'ame est la nourriture du corps; nourris ton ame.

ARTHUR.

C'est l'ame qui tue le corps; car il n'y a que ceux qui n'en ont point qui se portent bien.

THÉODORE.

Que veux-tu que je dise ?

ARTHUR.

Silence, monsieur le médecin, et surtout étouffez cette sensibilité nuisible à votre art.—Que les

4

cris d'angoisses et de douleur glapissent comme
ceux d'une foule en révolte; que les cadavres
s'amoncellent défigurés et sanglants; monsieur
le médecin, restez froid et impassible; il y va de
votre réputation. Ah! mon pauvre ami, dans
quelques années tu ne seras plus qu'une misérable défroque humaine.

THÉODORE.

A la bonne heure. Mais tu voulais, je crois, me
présenter à ta mère.

ARTHUR.

Oui. (Il sonne; un domestique paraît.) Madame de Rimbo
est-elle seule dans son appartement ?

LE DOMESTIQUE.

M. Borel est avec madame la baronne.

THÉODORE.

Qu'est ce M. Borel ?

ARTHUR.

Autrefois curé de la petite ville de Vienne. Il
me disait un jour : Vous ne venez pas me voir,

monsieur Arthur; sans doute parce que, quand
je suis au château, je ne vous demande pas en
particulier ; mais si vous y tenez, je vous ferai une
visite dans les règles de l'étiquette et du grand
ton. Monsieur l'abbé, ai-je répondu, je m'ennuie
moins à visiter qu'à recevoir; dans le premier
cas, je perds mon temps quand bon me semble ;
dans le second, il est presque toujours perdu
malgré moi. J'attends encore ce franc et digne
homme.

THÉODORE.

Quel âge ?

ARTHUR.

Cinquante ans.

THÉODORE.

Défie-toi, car c'était un prêtre; et à son âge la
rouille de l'hypocrisie peut avoir tellement mordu
le cœur, que c'est presque l'amputation de la
franchise.—On remplace bien une jambe, mais
elle est de bois.

ARTHUR.

Raisonné à merveille, et pour dire ?

THÉODORE.

Que je redoute cette fréquentation.

ARTHUR.

Tu le sais, ma mère est Italienne.

THÉODORE.

Oui ; et il faut aux Italiennes...

Il s'arrête.

ARTHUR.

Dis.

THÉODORE.

Eh bien! un prêtre et un amant.

ARTHUR.

La baronne a le prêtre.

THÉODORE.

Ordinairement c'est par où l'on finit.

ARTHUR.

Devant toi ma pensée parle ; Théodore, je n'aime pas ma mère.

THÉODORE, étonné.

Pourquoi donc, mon ami ?

ARTHUR.

Je ne sais...

THÉODORE.

Madame de Rimbo, c'est la douceur.

ARTHUR.

D'étranges passions la dévorent; et le miel peut
devenir aigre à force d'être broyé.

THÉODORE.

Explique-toi.

ARTHUR.

Plus tard.

THÉODORE.

J'attendrai.—Mais ces passions n'excluent point
le sentiment maternel.

ARTHUR.

Voilà ma crainte.

THÉODORE.

Songe que c'est ta mère.

ARTHUR.

Je voudrais qu'elle n'ignorât pas que c'est le
sentiment maternel qui développe l'amour filial.

THÉODORE.

La nature qui donne un enfant vous lègue
aussi l'amour dont vous devez l'entourer.

ARTHUR.

La nature est parfois bizarre.

THÉODORE.

Exception sur ce point. — Dieu, qui a créé le
soleil, l'a fait chaud et vivifiant !

ARTHUR.

Pourtant il y a des pays où ses rayons se mi-
rent dans des glaces continuelles.

THÉODORE.

Ton imagination va sans cesse là où elle de-
vrait s'arrêter. — Tu désenchantes tout.

ARTHUR.

Non, c'est tout qui me désenchante.

THÉODORE.

Reviens de tes erreurs.

ARTHUR.

Desquelles?

THÉODORE.

Crois d'abord à l'amour de ta mère

ARTHUR, tristement.

Oui, pour le marquis de Rudjio.

THÉODORE, surpris.

Ce Milanais qui se promène en France?

ARTHUR.

Et qui nous visite si souvent.

THÉODORE.

Qu'on aperçoit dans les rues de Vienne?

ARTHUR.

Lui-même.

THÉODORE.

Es-tu certain?...

ARTHUR.

Depuis qu'elle le connaît, elle ne nous parle
plus de mon malheureux père. — Oh! oui, mal-

heureux! car il me semble qu'il souffre sans se plaindre. Je te disais : La baronne a le prêtre, d'étranges passions la dévorent; et plus tard tu sauras tout. — Mais apprends donc... (baissant la voix.) que l'Italienne a le prêtre et l'amant.

THÉODORE.

Je redoute davantage le prêtre.

ARTHUR.

Ce qu'il y a de plus affreux, (hésitant.) ma sœur Guitta...

THÉODORE.

Mère et fille rivales!...

ARTHUR.

Tu comprends que c'est horrible.

THÉODORE.

Vraiment ma mémoire était loin de ta sœur et je t'en demande pardon.

ARTHUR.

C'est que, vois-tu, l'absence, c'est l'oubli.

THÉODORE.

La belle Guitta!

ARTHUR.

Non; mais elle a de l'esprit; et la beauté c'est
la rose, l'esprit c'est l'arbre vert.

THÉODORE.

J'avoue que si la plus faible pensée de mariage
s'offrait à moi...

ARTHUR.

Mon ami, que je te remercierais!

THÉODORE.

Tu m'étonnes.

ARTHUR.

Il me semble qu'alors nous éviterions d'affreux
malheurs.

THÉODORE.

Oui, mais...

ARTHUR.

Demande; la baronne accordera, et je sanc-
tionne avec bonheur.

THÉODORE.

Pour ma réponse, rejetons tout souvenir, tout rapport avec mademoiselle Guitta.

ARTHUR, avec impatience.

Eh bien ?

THÉODORE.

Un jeune homme prétend, et je suis presque de son avis, que s'il devait choisir entre une femme légitimement acquise et une médecine, — il prendrait la médecine; parce que, dit-il, on peut être sauvé par l'une et trop souvent perdu avec l'autre.

ARTHUR.

Plaisanter dans ce moment, — ah! Théodore!

THÉODORE.

Un éclair fait bien dans une nuit sombre.

ARTHUR.

Il la rend plus obscure après avoir brillé.

THÉODORE.

Mes intentions sont bonnes et je suis en heureuse disposition.

ARTHUR.

Alors reste demain à notre bal.

THÉODORE.

Et Paris, et mes travaux?

ARTHUR.

Retrancher un jour à la science pour le donner
à l'amitié, cela ne se refuse pas.

THÉODORE.

Tu l'as dit et je reste.

ARTHUR. Il sonne, un domestique parait.

Verrons-nous enfin la baronne?

LE DOMESTIQUE.

M. Borel...

ARTHUR, avec impatience.

Encore?...

LE DOMESTIQUE.

Oui, monsieur.

ARTHUR.

Êtes-vous entré chez elle?

LE DOMESTIQUE.

Je me suis hasardé; mais madame était d'une humeur si repoussante que j'ai encore mes paroles à dire.

Il sort.

THÉODORE.

Le prêtre, mon ami, le prêtre! Ce sont quelquefois des êtres terribles que ces saints ministres.

ARTHUR.

Qui te fait penser ainsi?

THÉODORE.

L'impatience de ta mère en présence de l'abbé. — La confession est longue; il paraît que le diable s'en mêle.

ARTHUR.

Je serai aussi de la partie.

Il va pour sortir.

THÉODORE.

Où vas-tu?

ARTHUR.

Chez ma mère.

THÉODORE.

Pourquoi?

ARTHUR.

Pour savoir si M. Borel n'a qu'une conscience à remettre.

THÉODORE.

Ensuite?

ARTHUR.

Ensuite je te présente.

THÉODORE.

A qui?

ARTHUR.

Eh! mais, à la baronne.

THÉODORE.

Après un tête-à-tête dérangé? Ce serait venir à Proserpine sur le point d'être convertie. Évitons une telle rencontre.

ARTHUR.

Il faut au moins que je sache...

Il se dirige vers l'appartement de Bénita.

UN DOMESTIQUE se présente à Arthur.

Mademoiselle Guitta attend monsieur au jardin.

ARTHUR.

Dans un instant.

Le domestique sort par la porte qui donne sur le jardin.

THÉODORE.

Après l'avoir oubliée, un instant de plus ce serait trop. — Viens.

ARTHUR.

Et le prêtre, et la baronne?

THÉODORE.

Qu'y faire?

ARTHUR.

Tu as raison, je te suis; allons rejoindre ma sœur.

Ils descendent au jardin par la porte du fond.

SCÈNE SIXIÈME.

BÉNITA, pâle et à pas précépités, se jetant dans un fauteuil.

Oh!... oh!... (Silence.) J'écoute encore, mais je
cesse d'entendre... — N'est-ce pas, grand Dieu,
que c'est impossible? Il ne veut pas me tromper,
lui, le marquis de Rudjio; lui à qui je dirais :
Ouvre ma poitrine et prends-moi le cœur, si tu
ne crois pas que je t'aime... Lui pour qui je désire
un sacrifice horrible à faire. Mon Dieu! ayez pitié
de moi!... Ordonnez un supplice, mais de mon
âme arrachez d'abord son souvenir. — À quoi
donc pensait le prêtre pour mutiler ainsi ma ché-
tive existence?... Sans doute, connaissant mon
amour, il aura voulu éprouver ma force, et il
a vu toute ma faiblesse! Mon visage, affreusement
crispé, devait jeter en lui cette peur de glace à la
vue d'un cadavre; car je me sentis glisser dans
la mort... Un sourire, je crois, froissait sa bouche
quand je revis le jour, et un éclair de pensée vint
me dire : Tu es parmi les démons; les hommes

ne rient point de cette manière. — Peut-être l'abbé se réjouissait-il déjà... Eh! de quoi? Des cloches avant et des prières après?... Il n'est plus prêtre. — Quelle était donc cette joie d'enfer qui éclairait son visage?... N'ai-je pas senti ses mains?... Oui... elles me rendaient la lumière, elles me bénissaient... Oui, c'était Dieu me donnant par son ancien ministre, courage et sainteté. (Elle sonne; un domestique paraît.) Mon intendant est-il de retour?

LE DOMESTIQUE.

Non, madame.

Il sort.

BÉNITA.

Allons, comtesse de Durass, pour toi je repose sur du fer aigu; pour toi j'attends Frank, ou plutôt à cause de toi, tout ce qui existe qui puisse mordre avec le plus de rage un cœur de femme sans l'anéantir; toutes ces sensations qui, comme des serpents, serrent, lâchent, pressent de nouveau pour étouffer encore, eh bien! comtesse de Durass, j'éprouve tout cela... Ah! viens, Frank... car je succombe!... Oh! oh!... (Sa tête tombe dans ses mains; Frank paraît embarrassé et triste; la baronne l'apercevant et souriant :) Oh!... Dieu, merci!!

SCÈNE SEPTIÈME.

BÉNITA, FRANK.

BÉNITA, avec une anxiété extrême.

Eh bien! Frank?...

FRANK.

Hélas! madame...

BÉNITA.

Ne gémis pas; rends-moi compte.

FRANK.

De quoi, bon Dieu!

BÉNITA.

De ton message.

FRANK.

Il y était.

BÉNITA.

Seul avec elle?

FRANK.

Seul avec elle.

5

BÉNITA.

T'a-t-il vu?

FRANK.

Il a pâli.

BÉNITA.

C'est qu'il t'a vu. (avec désespoir.) Il l'aime donc, Frank?

FRANK.

Je ne puis savoir cela, madame.

BÉNITA.

Vois-tu, je suis folle...

FRANK.

Bien malheureuse, à ce qu'il paraît.

BÉNITA, tout à coup avec violence.

Veux-tu changer ma position à l'instant?

FRANK.

Se pourrait-il?

BÉNITA.

Veux-tu?

FRANK.

Mais...

BÉNITA.

Pourquoi donc hésiter?

FRANK.

Parce que madame n'hésite pas assez.

BÉNITA.

Tu comprends, alors?

FRANK.

Jamais je n'oserai comprendre.

BÉNITA.

Voilà que tout ton dévouement se courbe sous
ta faiblesse.

FRANK.

Non, non; parlez, madame.

BÉNITA, se levant.

Du poison, Frank.

FRANK, reculant d'effroi.

Du poison!

BÉNITA.

Oui... et je n'ai qu'une crainte.

FRANK.

Laquelle, chère maîtresse?

BÉNITA.

C'est qu'il n'y en ait plus pour moi.

FRANK.

S'il n'en restait qu'une part, il n'y en aurait point pour vous.

BÉNITA.

Tu ignores donc que c'est celui qui survit qui souffre?...

FRANK.

Je n'ai qu'une pensée, celle de votre existence.

BÉNITA.

Que veux-tu que j'en fasse?

FRANK.

La garder d'abord.

BÉNITA.

Après? réponds... après?

FRANK.

Et le baron, et vos enfants?

BÉNITA, épouvantée.

Que dis-tu, Frank?... Ah! je suis bien malheureuse!...

FRANK.

Ne pouvoir que vous plaindre!

BÉNITA.

On peut donc plaindre ceux qu'on n'aime pas?

FRANK.

Est-ce moi que vous interrogez?

BÉNITA.

Et pour toi j'interroge.

FRANK.

Voulez-vous que je meure?

BÉNITA.

Voilà comme tu m'aimes?

FRANK.

Que ne puis-je davantage!

BÉNITA.

Tu m'abandonnerais donc?... Aime-moi, Frank ;
vis, et laisse-moi mourir.

FRANK.

Jamais, madame, jamais!

BÉNITA, avec une vive impatience.

Alors, retire-toi. (Frank sort. — Amèrement :) Celui-là
encore ne sait pas aimer !...

SCÈNE HUITIÈME.

BÉNITA, seule.

Allons, mon pauvre cœur, tout est fini! souffre
et saigne de désespoir!... — Comme il m'a trom-
pée! — Oh! malheur sans fin!... — Mon Dieu!
mon Dieu! rappelle-le près de toi, cet ange mon
amant, pour qu'il ne soit plus auprès d'elle. Alors,
ma jalousie... Pardonne, grand Dieu! je serais
encore jalouse... Si tu savais comme je l'aime,
ton ange, ta créature!... — J'envie le sort des
pierres qu'il foule; un regard de lui qui n'est pas
pour moi me rompt les chairs; quand il me donne
un baiser il me tue; quand il s'en va il ne voit
peut-être pas une ombre qui le suit; c'est mon
ame. Lorsqu'il revient, oh! lorsqu'il revient, si je
pleurais, je ris; s'il répond à mon sourire, je lui
demande grace pour cet enivrement; enfin s'il
me dit : Je t'aime! je ne respire plus, ma bouche
est béante, et cet éclair qui a brillé, j'attends encore s'il brillera de nouveau. — Où suis-je alors?

à ses côtés... dans ses bras. — Il me regarde, lui!
il veut bien me regarder... et il ne me demande
rien pour tant de bonheur... Il est grand, généreux, plein de passion! (tout à coup.) Oh! mais j'y
songe, enfer... j'avais tout, il ne me reste rien...
(sourire amer.) Eh! si, la vie... il me la laisse pour
qu'elle m'accable... — En quittant la comtesse il
reviendra en désordre, tout haletant de son
amour; il me sourira, et je vivrai!... Il achèvera
peut-être pour moi un baiser commencé pour
elle!!... Oh! oh!... (Elle sonne en appelant.) Frank!
Frank! (Il entre.) Du secours, du secours, du poison... — Tu diras que mes larmes l'ont broyé, ce
poison, et que tu me l'as remis à cause de mon
affreuse agonie; et si les hommes ne te pardon-
nent pas, tu te moqueras d'eux; car je t'en lais-
serai, comprends-tu? Mais donne-moi du poison;
vite, que je sois bientôt froide. — Misérables
femmes que nous sommes! nous ne pouvons pas
seulement avoir du poison... (Frank, muet et immobile
de douleur, s'approche de Bénita; Bénita, le regardant.) Tu ne
veux pas? Alors je vais faire avec mes ongles...

Elle cherche à entr'ouvrir ses vêtements.

FRANK, s'élançant près d'elle.

Madame, au nom du ciel, calmez-vous!...

BÉNITA, se levant et saisissant le bras de Frank.

Ah! oui; tu veux que j'aille aussi les voir, moi...
Tu veux que leurs caresses me brûlent le sang...
Eh bien! j'accepte... Allons, viens, viens...

Elle l'entraîne; ils vont pour sortir; l'abbé Borel entre.

SCÈNE NEUVIÈME.

BÉNITA, L'ABBÉ, FRANK.

Pendant toute cette scène Bénita a peine à se contenir.

BÉNITA, étonnée.

Vous, monsieur! (à Frank.) Demeure, je suis à toi...

L'ABBÉ.

Ma visite vous surprend?

BÉNITA.

Votre visite?...

L'ABBÉ.

Je me trompe, ma rentrée immédiate.

BÉNITA.

Qu'importe?... Voyez-vous, le cœur ne peut rester long-temps à nu sur des épines... Parlez.

L'ABBÉ.

Quelle agitation!

BÉNITA.

(Sourire délirant.) Vous croyez que c'est de l'agitation?...

L'ABBÉ.

Qu'avez-vous?

BÉNITA.

Vous, que me voulez-vous?

L'ABBÉ.

L'état de votre esprit ne permet pas...

BÉNITA.

Alors, vous, vous permettez...

Elle fait signe à Frank de la suivre.

L'ABBÉ, cherchant à la retenir.

De grace, ne sortez pas...

BÉNITA.

Pourquoi donc?

L'ABBÉ.

On pourrait croire...

BÉNITA.

Que je suis folle?

L'ABBÉ.

J'en ai peur.

BÉNITA.

Ne craignez rien; ceux qui vont me voir apprendront que ma tête est libre, mais que la jalousie, ce feu d'enfer, a besoin de venir s'apaiser même au sein d'une affreuse certitude.

L'ABBÉ.

Quoi! vous iriez?...

BÉNITA.

Chez la comtesse de Durass; oui, l'abbé.

L'ABBÉ.

Je venais vous dire...

BÉNITA.

Je vous apprends, moi, que vous m'avez dit vrai.

L'ABBÉ.

Cependant il pouvait être chez elle, sans que...

BÉNITA.

J'avais sa parole qu'il n'y retournerait plus;

l'amour l'a fait parjure, et ce n'est pas pour moi!
—L'abbé, restez, partez, brûlez le château, ne
me bénissez pas, peu m'importe; mais eux, ils
s'aiment, ils sont ensemble, et moi, moi je suis
encore là!... Dieu vous garde, l'abbé!

Bénita et Frank sortent précipitamment.

SCÈNE DIXIÈME.

L'ABBÉ, seul, les regardant sortir.

(Soupirant.) Elle m'évite des paroles qui eussent été sottes ou entachées de mensonge; car je ne savais pas quel motif donner, soit pour mon retour, soit pour effacer de son souvenir ce que je venais de lui apprendre. La jalousie est donc bonne à quelque chose?...—Mais pourquoi avoir rebroussé chemin après un coup porté avec tant d'assurance et de bonheur? Quel lutin s'agitait dans mon ame, quelle force me poussait, quel son enfin m'a sifflé aux oreilles : « Retourne au château? » (s'interrogeant.) Car j'ai voulu bien fermement blesser le cœur; j'étais joyeux d'avoir brisé ce que j'aime, et je reviens.—Voulais-je encore jouir de mon triomphe? Je l'avais vue mourir, n'était-ce pas assez? (Pause.) Aimer, à mon âge! Moi, une femme! (Pause.) Combien je souffre, à présent que ma Bénita a répandu des pleurs et que c'est moi qui en ai ouvert la source! — Oh je le sens maintenant, c'était un

aveu que je venais faire, et peut-être aurait-elle
ri. Malédiction! que suis-je devenu? (Il se met à genoux.)
Ta grace m'a-t-elle quitté pour toujours, mon
Dieu! (avec élan.) Eh bien! oui, je l'aime, et toi aussi
je t'aime, car tu l'as créée, tu es son père. — Mon
Dieu! je t'ai abandonné, moi; mais que t'importe
un misérable tel que moi pour te servir? Aies-en
pitié! envoie-lui quelqu'un! sauve-le, je te sup-
plie! (se levant, il écoute. — On entend dans le jardin les voix de
Guitta, de Théodore et d'Arthur.) Ah! merci, voilà des
anges.

Il s'élance au jardin.

ARTHUR, d'une voix qui paraît un peu éloignée.

A demain, Théodore.

THÉODORE, d'un point opposé à celui d'où l'on vient d'entendre
Arthur.

Oui, pour le bal. (Il fredonne.) « Moi, je ne veux
aimer que pour rire. »

Le son va se perdant; la toile tombe.

FIN DU PREMIER ACTE.

Deuxième Heure.

PERSONNAGES.

La comtesse de DURASS.

BÉNINI DE RUDJIO.

BÉNITA.

Le vicomte d'ARBROL.

Le marquis du VIGNAL.

Le baron de RIMBO.

JULIA DE RUDJIO.

L'abbé BOREL.

ARTHUR.

GUITTA.

THÉODORE.

FRANK.

VALENTINE.

Foule de Rustres.

Domestiques.

ACTE DEUXIÈME.

Un salon antique, mais somptueux ; une psyché à gauche ;
une porte dans le fond de l'appartement ; plusieurs issues
latérales.

SCÈNE PREMIÈRE.

MADAME DE DURASS, seule. Elle est assise sur un
sopha près de la psyché, à gauche du théâtre ; elle s'occupe de sa toilette, qui est élégante.

Décidément voilà le marquis de Rudjio attaché
à mon char ; pourvu toutefois qu'il n'y reste pas
long-temps. Je veux bien de l'amour, même pas-
sionné ; mais comme je n'accorde rien, j'ai toujours peur que cela ne dure trop.

Elle sonne.

SCÈNE DEUXIÈME.

MADAME DE DURASS, VALENTINE.

MADAME DE DURASS, à Valentine, qui entre avec une corbeille de fleurs.

Valentine!

VALENTINE.

Madame?

MADAME DE DURASS.

Mes fleurs!

VALENTINE.

Voilà, madame.

Elle lui présente la corbeille.

MADAME DE DURASS, regardant et touchant les fleurs.

Elles ne sont pas fraîches, aujourd'hui.

VALENTINE.

C'est ce que j'ai trouvé de mieux au jardin.

MADAME DE DURASS.

Au reste, elles ont une odeur délicieuse.

VALENTINE.

Que veut madame?

MADAME DE DURASS.

Je ne sais... Ah! si, regardez à la fenêtre.

VALENTINE.

Pour y voir?...

MADAME DE DURASS.

Si le temps est beau; il m'avait semblé tout à l'heure entendre le vent siffler, comme annonçant un orage. Cela dérangerait ma promenade; car le vent dérange les cheveux.

VALENTINE, près de la fenêtre.

Le ciel est tranquille.

MADAME DE DURASS.

(A part.) S'il était calme comme mon cœur, je sortirais. (regardant elle-même.) Oui, oui... c'est un beau jour. Qu'on attelle les chevaux.

VALENTINE.

Quelle voiture?

MADAME DE DURASS,

Mon landau découvert, entendez-vous?

VALENTINE.

Oui, madame.

Elle va pour sortir.

MADAME DE DURASS.

Valentine!

VALENTINE.

Madame?

MADAME DE DURASS.

Qu'a dit Frank en sortant d'ici?

VALENTINE.

Rien, madame. L'intendant de la baronne de Rimbo doit-il s'arrêter parmi nous?

MADAME DE DURASS.

Mon landau, n'est-ce pas?

VALENTINE.

Oui, madame.

Elle sort.

SCÈNE TROISIÈME.

MADAME DE DURASS, seule.

(Souriant.) Pauvre marquis! c'est qu'il paraît vraiment m'aimer. Il a tout l'entraînement italien et
toute la grace française. Parfois, je l'avoue, il règne
en lui quelque chose qui ferait presque croire à
l'amour des hommes; mais bientôt la réflexion
m'arrive, et la vanité seule reprend ses droits. —
Oh! quel son vibrant au cœur, lorsque j'entendrai
dire : « Le beau Milanais préfère la comtesse de
Durass; c'est elle qui l'emporte, c'est elle qui
triomphe, c'est elle qu'il aime!.. » Oh!.. (réfléchissant.)
Mais... je me rappelle qu'il vient de sortir d'ici
avec une précipitation... Pourquoi?...

UN DOMESTIQUE, annonçant.

Monsieur le marquis de Rudjio.

MADAME DE DURASS.

Ah! je vais savoir...

SCÈNE QUATRIÈME.

MADAME DE DURASS, BÉNINI.

Dans le visage et dans tout ce que dit Bénini, il règne toujours une teinte de mélancolie.

MADAME DE DURASS, d'un air satisfait.

Encore vous, monsieur?

BÉNINI.

Est-ce un reproche que vous m'adressez?

MADAME DE DURASS.

Pouvez-vous le croire?

BÉNINI.

C'est que ce mot, *encore*, dans le cas où vous le dites, me semble être synonyme d'ennui.

MADAME DE DURASS.

Il n'y a pas de synonyme dans notre langue.

BÉNINI.

Comment?

MADAME DE DURASS.

A vous, Italien, je permets de l'ignorer; mais La Bruyère, Girard, Dumarsais et Voltaire lui-même n'en admettent point.

BÉNINI.

Il n'est donc qu'une expression pour rendre exactement sa pensée?

MADAME DE DURASS.

Oui.

BÉNINI.

Que signifiait : *Encore?*

MADAME DE DURASS.

Surprise et plaisir.

BÉNINI.

Vous êtes charmante.

MADAME DE DURASS.

On ne cache rien à une femme charmante; pourquoi revenez-vous?

BÉNINI.

En traversant votre collection de reines des

fleurs, je me suis senti prendre au bras; j'ai regardé, je vous ai reconnue, j'ai cueilli et j'apporte.

Il lui donne une rose.

MADAME DE DURASS.

Flatteur!

BÉNINI.

Si vous la trouvez aussi belle que la comtesse
de Durass, c'est vous qui flattez la rose.

MADAME DE DURASS.

On n'est pas d'une galanterie plus exquise.

BÉNINI.

On n'inspire pas plus vivement.

MADAME DE DURASS.

Marquis, je me fâcherai.

BÉNINI.

Vous sourirez toujours; — et la femme qui
sourit, c'est le diamant qui brille.

MADAME DE DURASS.

Voilà au moins de l'esprit.

BÉNINI.

Peut-être.

MADAME DE DURASS.

Comment cela?

BÉNINI.

Êtes-vous franche?

MADAME DE DURASS.

N'en doutez pas.

BÉNINI.

Alors c'est de l'esprit.

MADAME DE DURASS.

Pourquoi?

BÉNINI.

Vous le dites.

MADAME DE DURASS.

Vraiment je suis confuse.

BÉNINI.

C'est ajouter à ce que vous possédez.

MADAME DE DURASS.

Quoi donc?

BÉNINI.

La modestie, ce voile du cœur.

MADAME DE DURASS.

Répondez, pourquoi revenez-vous?

BÉNINI.

Cette fleur vous l'apprend.

MADAME DE DURASS.

Elle enivre.

BÉNINI.

C'est que l'amour y a posé ses lèvres.

MADAME DE DURASS.

Marquis, vos mots sont parfumés.

BÉNINI.

Comme votre ame.

MADAME DE DURASS.

Malgré tout le plaisir que vous semblez avoir
auprès de moi, vous êtes sorti avec une brus-
querie...

BÉNINI.

C'est vrai.

MADAME DE DURASS.

Et vous arriviez à peine.

BÉNINI.

Toujours vrai.

MADAME DE DURASS.

Cependant mille questions à vous faire...

BÉNINI.

Je viens pour les entendre et y répondre.

MADAME DE DURASS.

À toutes?

BÉNINI.

A toutes!

MADAME DE DURASS.

Sans hésiter?

BÉNINI.

Si je ne comprenais pas...

MADAME DE DURASS.

J'interrogerai de nouveau.

BÉNINI.

Bien.

MADAME DE DURASS.

Je commence.

BÉNINI.

J'écoute.

MADAME DE DURASS.

D'abord, ne vous effrayez pas.

BÉNINI.

Moi? jamais.

MADAME DE DURASS.

Lorsque Frank est entré, sous je ne sais quel prétexte, vous avez pâli.

BÉNINI.

Erreur.

MADAME DE DURASS.

Et vous m'avez quittée; est-ce encore une erreur?

BÉNINI.

Pourquoi donc aurais-je pâli?

MADAME DE DURASS.

Vous ne répondez pas.

BÉNINI.

Eh bien?

MADAME DE DURASS.

Vous avez pâli.

BÉNINI.

Involontairement.

MADAME DE DURASS.

C'est ainsi que cela arrive.

BÉNINI.

A mon tour je serai franc.

MADAME DE DURASS.

Oui, faites exception à la règle.

BÉNINI.

J'aurais voulu que Frank ne m'eût point trouvé ici.

MADAME DE DURASS.

La raison?

BÉNINI.

Qu'importe? Je vous aime, je vous le dis et je reviens.

MADAME DE DURASS.

Il me faut une explication.

BÉNINI.

N'en demandez pas.

MADAME DE DURASS.

Cependant, ou je ne vous reverrai de ma vie, ou je saurai tout; choisissez.

BÉNINI.

J'ai choisi. (à part.) Elle m'aime plus que je ne pensais.

MADAME DE DURASS.

Savez-vous, beau Milanais, qu'on tient d'étranges discours sur votre compte?

BÉNINI.

L'envie est si hideuse qu'elle enrage et mord tout le monde.

MADAME DE DURASS.

Permettez, permettez...

BÉNINI.

Que me reproche-t-on?

MADAME DE DURASS.

On vous blâme.

BÉNINI.

Pourquoi?

MADAME DE DURASS.

On prétend que vous avez abandonné...

BÉNINI, vivement.

Qui?

MADAME DE DURASS.

Votre femme et votre enfant.

BÉNINI, se trahissant.

Ce n'était pas le mien.

MADAME DE DURASS.

Ce n'était pas le vôtre?

BÉNINI, troublé.

Le vôtre?... Quoi?... Qu'ai-je dit... que me demandez-vous?

MADAME DE DURASS.

Plus rien.

7

BÉNINI, revenant à lui.

Oh! maintenant qu'allez-vous faire de moi?

MADAME DE DURASS.

Toujours la même chose, un hochet de salon.

BÉNINI.

Ne le brisez pas, au moins.

MADAME DE DURASS.

Vous le voyez, je ne vous trompe pas, moi.

BÉNINI.

Hélas! pas assez.

MADAME DE DURASS.

Ingrats que vous êtes! lorsque nous vous donnons tous moyens de vous détacher de nous, la plainte se fait encore entendre.

BÉNINI.

Parce qu'en touchant la chaîne, au lieu de céder, elle presse plus fort.

MADAME DE DURASS.

Et la baronne de Rimbo?

BÉNINI.

Je jure ici que je ne l'ai jamais aimée.

MADAME DE DURASS.

Eh! mon Dieu, liberté entière.

BÉNINI.

Que vous êtes cruelle et injuste!

MADAME DE DURASS.

Mon dernier billet vous a-t-il été remis?

BÉNINI.

Il est là!

Il indique son cœur.

MADAME DE DURASS.

Vous le froissez.

BÉNINI.

J'y retrouverai toujours ce que je cherche sans cesse.

MADAME DE DURASS.

Et quoi donc?

BÉNINI.

De l'amour.

MADAME DE DURASS.

Croiriez-vous à l'amour?

BÉNINI.

Comme au jour qui éclaire.

MADAME DE DURASS.

Je fus dérangée quand j'allais clore ce billet, et sa forme peut-être vous aura-t-elle déplu?

Elle va à sa psyché, s'occupe de sa toilette et de ses fleurs.

BÉNINI.

Oh! quelle que soit la forme d'un billet d'amour, on le trouve plié avec grace; on tremble en le saisissant; le papier est fin et soyeux; le style, oh! le style est aérien, céleste; en le voyant on ressemble à un saint qui dévore des yeux quelques lettres gravées par la main de Dieu. Le cachet qui scelle les pensées de vos pensées est rompu avec religion; les regards s'élancent; ils veulent tout envahir. Chaque expression est commentée au profit du cœur; un froissement fait tressaillir; on croit entendre se glisser la main qui a écrit; on respire à peine; on brûle de ses lèvres le souffle qui a séché les paroles d'amour; on ne quitte plus sa place, tout mouvement cesse; on n'éprouve rien, parce qu'on éprouve trop; on n'est plus qu'une cendre de passion!... — Voilà, madame, ce que j'étais au reçu de votre billet.

MADAME DE DURASS.

Valentine a beau dire, ces fleurs me déplaisent.

BÉNINI, tristement et à part.

Elle ne m'écoutait pas!

MADAME DE DURASS, regardant Bénini.

Est-ce tout, marquis?

BÉNINI, soupirant.

Oui, madame.

MADAME DE DURASS.

Alors, je vous laisse. Il faut que je voie mes robes, mes parures; car j'ai l'espoir de faire partie de la réunion de madame de Rimbo; et puis au besoin vous me protégerez, n'est-ce pas?

Elle sort.

SCÈNE CINQUIÈME.

BÉNINI, seul.

Trois femmes occupent en ce moment mon esprit;
l'une, la comtesse de Durass, à laquelle je cherche à
rattacher mon existence, la comtesse a, je crois, mon
amour; la seconde, la baronne de Rimbo, semble
m'imposer des devoirs dont l'obligation m'arrive à
la pensée comme un mystère; enfin l'autre, qui de
première devient troisième, Julia, mon épouse, me
poursuit de son souvenir; et, dans ce souvenir, la
crainte de m'être trompé, et le remords d'un abandon irréfléchi.—Mon enfant, où es-tu? Malheureux
innocent arraché du sein de ta mère; tes cris, qui
les a entendus, recueillis, apaisés? Qui a ré-
chauffé tes petites mains glacées, qui se joignaient
comme pour implorer ma pitié? Qui a reçu tes
regards, tes sourires, tes caresses? Une femme
qui n'était pas ta mère... Et c'est moi, moi qui
ai voulu tout cela! Mon enfant! oh! mon enfant!... sans égards pour la pauvre Julia, elle-même

qu'est-elle devenue? Sans doute le désespoir, ce
fossoyeur habile, aura ouvert sa tombe, et la
main des hommes, avec un peu de terre, l'aura
refermée... Si je la voyais, cette tombe! Si j'avais
un ami, je lui dirais : Viens, viens, regarde; c'est
là qu'est son corps et son amour! c'est là que la
terre la recouvre, que les vers se la disputent,
horreur! Oh! c'est qu'elle m'aimait, elle; oh! oui,
oui, elle m'aimait! Aussi, en la touchant, les vers
s'y brûleront; la terre qui pèse sur elle jaillira;
car tout en elle ne peut avoir cessé de vivre.
Mon Dieu, toi qui m'éclaires à présent, Julia ne
m'a point trompé, n'est-ce pas? je suis seul coupable? (tout à coup.) Pourtant, si cela était vrai!!...
Mon Dieu, que faire? que devenir? O jalousie!
tu es à l'ame ce que le poison est au corps.

Il est dans une agitation extrême.

SCÈNE SIXIÈME.

MADAME DE DURASS, BÉNINI.

MADAME DE DURASS, entrant.

Tout arrive de Paris, et tout est charmant, parfait! Les soieries sont d'un moelleux, les couleurs d'un éclat!... Voulez-vous venir, marquis? je serai heureuse de tout revoir avec vous.

BÉNINI, à part.

Oh! je n'y tiens plus, sortons. — Adieu, madame.

MADAME DE DURASS, le retenant.

Qu'avez-vous? Quel trouble est le vôtre?

BÉNINI.

Mon cœur est malade, et vous ne pouvez être que le médecin des yeux, vous, comtesse de Durass. Adieu, adieu!..

Il sort précipitamment.

MADAME DE DURASS, après l'avoir regardé sortir.

Quel changement!... dans à peine un quart-
d'heure. — Pourvu qu'il ne délaisse pas ma vanité. Que dirait le monde des salons? Je serais
perdue dans son esprit.

VALENTINE, qui entre.

Messieurs le marquis du Vignal et le vicomte
d'Arbrol demandent à visiter madame la comtesse.

MADAME DE DURASS, allant à sa glace.

Un moment... qu'ils attendent.

VALENTINE.

Mais, madame...

MADAME DE DURASS.

Eh bien! les hommes ne sont-ils pas l'équipage
des femmes? les équipages attendent.

VALENTINE.

Pour parler comme madame, souvent les chevaux s'emportent.

MADAME DE DURASS.

La grace et la beauté les retiennent. (ajustant sa
toilette.) Voilà qui est fini. Valentine, je ne sortirai
pas. Ces messieurs peuvent entrer. (Valentine sort.)
Qu'ils m'apportent des nouvelles; sans cela, je
n'écoute pas plus la philosophie de l'un, que la
diplomatie de l'autre.

SCÈNE SEPTIÈME.

MADAME DE DURASS, LE MARQUIS DU
VIGNAL, LE VICOMTE D'ARBROL, Ils entrent par l'issue du fond.

LE MARQUIS.

Nous avons l'honneur de présenter nos hom-
mages à madame la comtesse.

MADAME DE DURASS, s'inclinant.

Messieurs...

LE VICOMTE, regardant le marquis.

Nous nous sommes rencontrés sur le chemin
qui conduit à votre temple, et nous y sommes entrés ensemble.

MADAME DE DURASS.

Ce que vous dites, vicomte, est-ce de la philosophie du dix-huitième siècle ?

LE VICOMTE.

C'est de la vérité et de la conviction. Vous savez ce que renferme un temple?

MADAME DE DURASS.

Vicomte...

LE VICOMTE.

Quand on vous regarde, on ne peut craindre
de trop dire.

MADAME DE DURASS, s'adressant au marquis.

Et vous, diplomate, vous arrivez de Paris?

LE MARQUIS, avec emphase.

Diplomate! oui, madame, et je m'en vante. Le
champ de la diplomatie est si vaste qu'il offre à
lui seul tout un monde d'idées grandes et su-
blimes.

LE VICOMTE, avec sang-froid.

Prenez garde, marquis, le mot *diplomatique*
Me semble un peu rimer avec celui: *bourrique.*

Madame de Durass rit aux éclats.

LE MARQUIS.

Ah! vicomte, quel langage bas et trivial!

LE VICOMTE.

La philosophie, humble en sa nature, ne s'arrête qu'à la pensée; et quand une expression lui
vient pour la rendre, quelle qu'elle soit, elle s'en
sert.

MADAME DE DURASS.

Bien, philosophe.

LE MARQUIS, tendant la main au vicomte.

Je ne vous en veux pas, vicomte.

LE VICOMTE.

Ni moi, marquis.

MADAME DE DURASS.

Enfin, monsieur du Vignal, qu'y a-t-il de nouveau dans cette ville de luxe, de talent et d'é-
goïsme?

LE MARQUIS.

Rousseau disait : « Ville de bruit, de boue et

de fumée. » Vos paroles sont aussi justes que les siennes.

MADAME DE DURASS, avec impatience.

Eh bien! qu'y a-t-il?

LE MARQUIS.

Eh bien! madame, Turgot n'est plus ministre; Necker remonte les finances; mais il ne s'y maintiendra pas, car on a inventé le mot d'intrigant pour monsieur de Calonne.

LE VICOMTE.

Et le tiers-état?

La comtesse va à sa glace et à ses fleurs.

LE MARQUIS.

Ah! toujours ce tiers-état. La cour, considérant le vœu des ordres du Dauphiné, la cour ordonne des députés au nombre de mille, et un tiers nommé par le tiers-état.

LE VICOMTE.

Très bien.

LE MARQUIS.

Adieu clergé, adieu noblesse. Mais, vous ne li-

sez donc pas les journaux, vicomte ; vous ne vous
occupez donc pas de politique ?

LE VICOMTE, à demi-voix.

La politique est une prostituée dont chacun
use avec plus ou moins d'égarement; et, en
homme sage, moi je m'abstiens. Quant aux journaux, papier et lettres, voilà ce qu'on y voit,
tantôt blanc, tantôt noir : mais dans un temps
qui approche, le journalisme sera la lumière du
peuple; alors dans ce temps, si j'existe encore,
je lirai les journaux.

LE MARQUIS.

Méchant philosophe.

LE VICOMTE.

Retournez votre phrase; car autrement il y aurait épigramme.

LE MARQUIS.

Contre vous point d'épigramme, philosophe
méchant.

LE VICOMTE.

Vous êtes généreux.

LE MARQUIS.

Comme un diplomate.

LE VICOMTE.

À la force, la clémence.

MADAME DE DURASS, quittant ses fleurs.

Messieurs, dans un temple y parle-t-on politique?

LE MARQUIS.

Parfois on s'y occupe des anges, ces frères de
l'amour; et je vous apprendrai que madame
Élisabeth, comme chez son aïeul Louis XV, continue d'être celui de la cour de Louis XVI.

MADAME DE DURASS.

Quelles robes porte-t-elle?

LE MARQUIS.

Celles qu'on lui présente, j'imagine.

MADAME DE DURASS.

Sans distinction?

LE MARQUIS.

Je le crois; et à son âge...

MADAME DE DURASS.

Qu'importe? une sœur de roi! Oh! à sa place je voudrais être reine de la mode. — N'avez-vous rien de plus aimable à me dire?....

VALENTINE, entrant.

Quelqu'un demande à parler en particulier à madame la comtesse.

MADAME DE DURASS.

(A part.) A merveille. (à Valentine.) J'y vais.—Messieurs, vous me permettez...

Elle s'incline et sort avec Valentine.

SCÈNE HUITIÈME.

LE MARQUIS, LE VICOMTE.

LE MARQUIS.

Puisque nous voilà seuls, reprenons notre entretien.

LE VICOMTE.

A vos ordres.

LE MARQUIS.

Parmi tout ce chaos d'affaires d'état, ne sentez-vous pas une odeur de république?

LE VICOMTE.

Peut-être.

LE MARQUIS.

Ce mot *citoyen*, comment le trouvez-vous? Est-ce que les marquis et les comtes peuvent être des *citoyens* ?

LE VICOMTE.

Pourquoi donc pas?

LE MARQUIS.

Quant au *peuple*, c'est bien; mais, la noblesse!
Il n'y a qu'un mot pour elle : Féodalité.

LE VICOMTE.

Vous verrez.

LE MARQUIS.

Une révolution se prépare, une révolution terrible; j'en suis sûr.

LE VICOMTE.

Tant pis, car je désire progrès par le temps, et
non point par le sang.

LE MARQUIS.

Oui; et il faut laisser la barque du gouverne-
ment à ceux qui nous entourent; leur conscience...

LE VICOMTE.

Par malheur, la conscience est une fille perdue
par les hommes; ils rient tous avec elle.

LE MARQUIS.

Philosophe, vous êtes en verve.

LE VICOMTE.

Hélas! il est certaine vérité qui coûte plus à dire qu'un mensonge.

LE MARQUIS.

On veut la liberté!

LE VICOMTE, souriant.

Par une révolution? comme si une révolution n'était point un changement d'esclavage. La liberté!... — Écoutez quelques vers de ma pensée.

Il tire un papier d'un portefeuille et lit.

La liberté, c'est, je crois, une femme
Qui veut exister parmi nous;
Mais il y a des rois, et, sur mon ame,
Leur despotisme l'ôte à tous.
Chacun en parle, on la prône, on la vante,
Son portrait est tant bien que mal;
Après le peintre, le poète la chante;
Où donc prend-on l'original?

LE MARQUIS.

Vous avez raison; c'est un revenant qui ne revient jamais.

LE VICOMTE.

Par une raison fort simple; pour revenir, il faut être déjà venu. — Allez, je ne crois pas plus à la liberté des peuples, qu'à la conscience des hommes.

UN DOMESTIQUE, annonçant.

Monsieur Maker.

Théodore entre.

SCÈNE NEUVIÈME.

THÉODORE, LE MARQUIS,
LE VICOMTE.

THÉODORE, après avoir salué.

Où donc est la comtesse?

LE VICOMTE.

Elle nous quitte pour revenir bientôt.

THÉODORE.

Ma foi, j'ai du malheur aujourd'hui; je ne rencontre que des hommes.

LE MARQUIS, à Théodore.

Merci; et d'où venez-vous?

THÉODORE.

Je sors du château de Rimbo; je suis venu par le petit sentier, vous savez.

LE MARQUIS.

Comment va monsieur Arthur?

THÉODORE.

Bien, quoi qu'il en dise, ainsi que sa sœur
Guitta.

LE VICOMTE.

Et la baronne?

THÉODORE.

Je ne l'ai point vue; l'abbé Borel occupait ses
moments.

LE VICOMTE.

Le marquis de Rudjio habite-t-il encore près du
château de Rimbo?

THÉODORE.

Oui.

LE VICOMTE.

Et de mon ami de Rimbo, n'en a-t-on toujours
point de nouvelles?

THÉODORE, souriant et à demi-voix.

Le baron de Rimbo, c'est le marquis de Rudjio.

LE MARQUIS.

Bah! je croyais que madame de Durass...

THÉODORE.

Peut-être qu'à présent le marquis de Rudjio...
Quant à la baronne, il paraît qu'elle est folle.

LE MARQUIS.

Et de quoi?

THÉODORE.

D'amour.

LE VICOMTE.

Jeune homme, vous comprenez cela, vous;
car vous devez songer à l'amour.

THÉODORE.

Pour parler en médecin, l'amour est une mo-
mie véritable; dès qu'on y a touché, il tombe en
poussière; et retarder la chute d'une illusion,
c'est gagner un instant de belle vie.

LE MARQUIS.

Aimer rend si heureux!

THÉODORE.

Aimer n'est autre chose que ne pas haïr beaucoup.

LE VICOMTE.

J'ajoute que personne ne sait aimer.

THÉODORE.

Par conséquent. —

LE MARQUIS.

Par conséquent vous êtes deux fous.

LE VICOMTE.

Pour les insensés, oui; mais pour les gens rai-
sonnables...

LE MARQUIS.

Arthur pense-t-il au mariage?

THÉODORE

Je le lui conseille.

LE VICOMTE.

Il faut une occupation à l'homme.

LE MARQUIS.

Pardon, je suis curieux; j'arrive de Paris, et...

THÉODORE.

Et moi j'y retourne.

LE MARQUIS.

Pour vous marier?

THÉODORE.

Pour m'instruire.

LE MARQUIS.

D'abord; mais ensuite?

THÉODORE.

Oh! moi, voyez-vous, moi je rêve, je souris à une ombre sous la forme d'une femme; d'une femme vêtue d'air et blanche comme une gaze. Cette femme effleure le sol; elle ne prend pour vivre que des baisers, elle couche sur des fleurs parmi lesquelles on la retrouve avec peine; le sentiment la berce, l'amour la fait agir. Oh! cette ombre, je la caresse, je m'élance pour lui donner mon ame. Hélas! je me frappe dans le vague, et la réalité, pinçante et pointue, me serre et m'ouvre le cœur. — Alors, je ne veux aimer que pour rire.

LE VICOMTE.

Ce que vous dites, Théodore, s'étend un peu

à toute chose. Eh! mon Dieu, soulevez le voile qui recouvre le monde, il n'y a rien dessous.

LE MARQUIS.

J'espère, vicomte, que vous exceptez de votre règle la diplomatie; car il y a toujours quelque chose là-dessous avec elle.

VALENTINE, entrant.

Messieurs, ma maîtresse vous prie de prendre patience; elle vous engage en l'attendant à visiter sa galerie de tableaux.

THÉODORE ET LE MARQUIS, regardant le vicomte.

Oui, oui.

LE VICOMTE.

Volontiers.

VALENTINE.

Par ici, messieurs.

Elle sort par la droite du théâtre; ils la suivent. — On entend en dehors un grand nombre de voix qui crient :

L'Homme Noir! l'Homme Noir! A mort l'Homme Noir!

La baronne de Rimbo se précipite par la porte du fond dans le salon de madame de Durass, suivie du marquis de Rudjio, de Frank et d'une foule de rustres.

SCÈNE DIXIÈME.

BÉNITA, BÉNINI, FRANK, RUSTRES.

BÉNITA, s'adressant aux rustres.

Que voulez-vous?

UNE VOIX.

La mort de l'Homme Noir.

TOUS LES RUSTRES.

Oui, oui, sa mort!

BÉNITA, avec impatience et désignant le marquis.

Est-ce monsieur? est-ce mon intendant? suis-je l'Homme Noir?... Laissez-moi...

UNE VOIX.

Il effraie nos femmes et nos filles; il jette des sortiléges dans nos bergeries.

TOUS.

Oui, sa mort.

FRANK.

Allons, mes enfants, retirez-vous...

TOUS.

C'est un damné!

BÉNINI.

Qu'y pouvons-nous faire?

UNE VOIX.

Nous le poursuivons; nous l'avons vu prendre l'escalier du jardin. Il est ici, ou il sera retourné au château de madame la baronne; et il faut qu'on nous permette...

TOUS.

A mort! à mort!

BÉNITA, dans une impatience extrême.

Allez, cherchez, revenez ici, que m'importe? Mais, au nom du ciel! laissez-moi, laissez-nous, sortez.

TOUS.

Au château, au château! Vive madame la baronne!

Ils sortent suivis de Frank.

BÉNITA, se voyant seule avec Bénini.

Ah!...

SCÈNE ONZIÈME.

BÉNITA, BÉNINI.

BÉNITA.

Enfin nous voilà seuls, grace au hasard et à votre protection.

BÉNINI, à part.

Que vais-je lui dire?

BÉNITA.

Votre promesse, marquis?

BÉNINI.

Ma promesse?

BÉNITA.

Sans doute; deviez-vous rentrer ici?

BÉNINI.

Mais...

BÉNITA.

N'aviez-vous pas juré?...

BÉNINI.

J'ai tenu mon serment.

BÉNITA.

Oui, vingt jours; et peut-être, encore...

BÉNINI.

Quand il y a du ridicule au fond d'un serment, il faut rester à sa surface.

BÉNITA.

Vous ne savez donc pas ce qu'est la foi donnée? une chaîne qui lie corps et ame sans que jamais elle doive ou s'étendre ou se rompre.

BÉNINI.

Pourtant...

BÉNITA.

Oh! je sais ce que vous allez me répondre : — Le baron de Rimbo... — Eh bien! oui, je suis une infâme, une malheureuse, une criminelle, une perdue! Oui, oui, je suis tout cela. Mais pourquoi suis-je tout cela? pour vous, qui êtes sans pitié

par votre abandon ; pour vous, qui regardez une
autre femme que moi ; pour vous, qui ne cherchez point à apaiser mes remords ; pour vous
enfin qui m'accablez de paroles dévorantes comme
du fer bouillant... — Bénini, ayez pitié d'une infâme, d'une malheureuse, d'une criminelle, d'une
perdue !

Elle est tout en larmes.

BÉNINI, froidement.

Il faut pourtant que vous appreniez...

BÉNITA.

Ah ! je vous plains de ne savoir pas plaindre.
— Apprendre... quoi donc ?

BÉNINI.

Je ne vous aime plus, ou plutôt...

BÉNITA.

Et vous me le dites !...

BÉNINI.

Pour cela peut-être, je vous aime encore.

BÉNITA.

Comment?

BÉNINI.

J'aurais pu m'éviter cette peine.

BÉNITA.

Oui, n'est-ce pas? c'est la justice qui daigne condamner à mort?

BÉNINI, ironiquement.

Mourir!

BÉNITA.

Un moyen de vivre?

BÉNINI.

Au lieu de l'indiquer, je le donne; vous êtes libre...

BÉNITA.

Oh!...

BÉNINI.

Et si par hasard vous mouriez, je vous aurais rendu service; ne vous plaignez pas.

BÉNITA.

Oh! vous n'avez d'humain que la forme.

9

BENINI,

Je suis comme tout le monde.

BÉNITA, avec désespoir.

Bénini, mon Dieu! grace; je t'implore!

BÉNINI, toujours froidement.

Reprenez votre cœur; la poitrine est trop petite
pour en contenir deux.

BÉNITA.

Dans la vôtre y a-t-il eu place pour un?

BÉNINI.

Ne me faites pas dire qu'il n'existe point de ce
qu'on nomme moralement *cœur*. (à part.) O Julia,
pardon!

BÉNITA.

Mais il n'y aurait donc ici-bas que des Satan?

BÉNINI.

Par la raison qu'il n'est pas d'autre enfer que
la terre.

BÉNITA.

Et quand vous paraissiez m'aimer?

BÉNINI.

J'étais en purgatoire.

BÉNITA.

A présent vous êtes au ciel, n'est-ce pas?

BÉNINI.

Je ne veux plus répondre.

BÉNITA.

Oh! tuez-moi, alors; j'aime mieux un coup de stylet que le mépris, ce crachat du cœur.

BÉNINI.

Silence, voici la comtesse.

SCÈNE DOUZIÈME.

MADAME DE DURASS, BÉNITA, BÉNINI.

MADAME DE DURASS, à Bénita.

Je savais bien que vous viendriez tôt ou tard ;
et je me félicite de votre invitation.

BÉNITA.

(A part.) Elle raille. (à la comtesse.) Sans doute, ce
sera beaucoup d'honneur à moi, si vous voulez
assister à mon bal.... —

MADAME DE DURASS.

(A part.) Elle se contient à peine. (à Bénita.) De la
musique, des danses, cela fait à merveille lorsque
l'ame est contente et joyeuse.

BÉNITA.

Oui, oui... (à part.) Oh! supplice! (amèrement à la
comtesse.) La comtesse de Durass marche donc sur
les fleurs de la vie?

MADAME DE DURASS.

Au contraire, je suis triste, encore tout émue de ce que je viens d'apprendre...

BÉNITA, l'interrompant.

Peut-être qu'une femme avait un amant et une rivale? (ironiquement.) En effet, cela peut toucher un cœur sensible et capable de se trouver en pareille position.

BÉNINI, à Bénita et à demi-voix.

Madame...

BÉNITA, à Bénini.

Je ne veux pas vous la laisser, moi!...

MADAME DE DURASS, répondant aux dernières paroles de Bénita.

Non, c'est autre chose.

BÉNITA, ne se contenant plus.

Voyez-vous, comtesse, quand l'atmosphère est trop brûlante, la foudre éclate.

MADAME DE DURASS.

Que voulez-vous dire?

BÉNITA.

Il faut qu'une de nous deux meure; voilà mon invitation.

MADAME DE DURASS.

Eh! pourquoi?... Je ne vous comprends pas...

BÉNITA.

Marquis, soyez mon interprète.

MADAME DE DURASS.

Vous m'insultez, madame...

BÉNITA, avec joie.

Ah!... enfin!...

MADAME DE DURASS, regardant Bénini.

L'on m'offre, je l'avoue; mais je jure que je n'ai rien reçu.

BÉNITA, tout à coup changeant de ton.

Et moi je l'aime... Ah! madame, si vous saviez combien je l'aime... Oh! je vous le redemande, ne refusez pas ma prière!... (interrogeant du regard Bénini.) Mais hélas! qu'importe? il ne m'aime pas, lui!...

BÉNINI.

C'est vrai.

Bénita reste accablée par ce que Benini vient de dire.

MADAME DE DURASS, à Bénita.

Ne pas refuser votre prière, dites-vous?... Patience. — Justement, voilà ces messieurs; ils rentrent fort à propos.

SCÈNE TREIZIÈME.

MADAME DE DURASS, BÉNITA, BÉNINI, LE VICOMTE D'ARBROL, LE MARQUIS DU VIGNAL, THÉODORE. Ces trois derniers rentrent par où ils étaient sortis.

LE VICOMTE, au marquis du Vignal, d'abord en entrant en scène.

Avez-vous remarqué ce petit tableau, près de la fenêtre à gauche?

LE MARQUIS.

Oui; Rembrandt n'a pas son pareil pour les effets de lumière.

Le marquis va à Bénini; le vicomte à la baronne; et Théodore salue madame de Durass. Échange de politesse entre les personnages.

MADAME DE DURASS, s'adressant à tous.

La réunion me permettra-t-elle de faire un court récit? (Tous sont étonnés; ils font un signe d'adhésion. —

La comtesse poursuit.) Alors, messieurs, asseyez-vous.
(à Bénita.) Baronne, venez à côté de moi.

> Tous s'asseyent dans leur ordre en scène; la comtesse et la
> baronne occupent un canapé à gauche.

LE MARQUIS.

Nous écoutons.

MADAME DE DURASS, avec une légèreté qui dénote son caractère.

C'était à Milan, et par une nuit perlée. (Bénini
fait un mouvement.) Dans un des magnifiques hôtels
d'une des rues qui avoisinent la place où se trouve
la cathédrale, on entendait les accords mourants
d'une musique ravissante. Les lustres des salons
jetaient des regards pétillants à l'ombre du dehors; et les draperies soyeuses et rouges s'agitaient
au souffle du bonheur. C'était fête à l'hôtel. Mais
bientôt le calme devait succéder à la joie, aux
danses, à l'enivrement, aux sourires; la fête allait
s'éteindre, car une horloge, ce cœur du temps
qui bat pour tous et n'attend personne, une
horloge disait : « Trois heures. » — Piétons et équipages se croisaient avec bruit; les piétons par-

laient fort; les chevaux claquaient le pavé, entraînant les roues qui tonnaient. Tout s'éloignait,
tout s'écartait, tout se calmait.—Alors on vit à l'un
des angles qui font face à la cathédrale un homme
et une femme; eux aussi revenaient de la fête. Une
voiture les avait précédés, vive et belle. Jusqu'à
leur maison le silence les accompagna; mais à
peine y furent-ils entrés que la femme, tombant
à genoux, demanda grâce et pitié au nom de son
innocence et de celle de son enfant. — Le mari,
c'était un mari... (Messieurs d'Arbrol, du Vignal et Théodore
sourient; Benini est pâle.) Ne riez pas, messieurs... — Le
mari, morne de visage, insensible, sourd, muet,
fendait l'air de ses appartements. Les cris de sa malheureuse épouse n'avaient aucun effet sur lui, lorsque tout à coup le marquis, c'était un marquis,
(de plus en plus Bénini se trouble.) allant droit à un berceau d'enfant, brusque la petite créature d'envi-
ron trois ans qui y sommeillait, retourne vers sa
mère qu'il étend sur le parquet, et prononce
ces mots : « Non!... plus!... jamais!... » Puis il sort
et revient bientôt. — Pendant son absence, la marquise, suffoquée, dormant de douleur, se sen-

tit réveiller par le désespoir et le pressentiment de quelque chose d'affreux. Elle se leva, courut à son enfant, l'étreignit de caresses au point que l'enfant pleurait de souffrances. — (Madame de Durass s'adressant à tous.) Mais cette histoire vous ennuie peut-être ?

TOUS, avec intérêt, excepté Bénini qui demeure immobile.

Continuez, continuez.

MADAME DE DURASS.

Le marquis...

TOUS, avec empressement.

Son nom ? son nom ?

MADAME DE DURASS.

Plus tard. — Le marquis rentra donc bientôt, suivi d'une de ces femmes du peuple qui courent le monde avec des enfants qui passent de leurs entrailles à leurs dos. Ce fut à cette femme que le marquis, après avoir arraché sa fille, c'était une fille, (Bénini tressaille.) après l'avoir arrachée des bras de sa mère, le marquis la remit à la femme du peuple, poussa dehors l'une et l'autre, prit un portefeuille, regarda la marquise en souriant comme un tigre, et disparut. Quinze ans se sont écoulés depuis cette époque.

LE VICOMTE.

Et la femme du peuple?

MADAME DE DURASS.

On apprit qu'elle était morte.

LE MARQUIS.

Et l'enfant?

MADAME DE DURASS.

Qu'il avait été recueilli à la porte d'un château...

BÉNITA, à part.

C'est elle! c'est Guitta!

BÉNINI, à part.

C'est ma fille!

MADAME DE DURASS, poursuivant son récit.

Mais, en quel endroit? en quel lieu? On l'ignore.

THÉODORE.

Et la malheureuse mère?

BÉNINI, à part.

Oh! oui, bien malheureuse!...

MADAME DE DURASS.

La mère va partout, se traînant de maison en maison, demandant à chacun, avec des larmes et du désespoir : « Connaissez-vous le marquis de... (Elle s'arrête.) N'avez-vous pas vu mon enfant qui était le sien? car je ne l'ai pas trompé, mon Dieu! celle qui trompe n'aime pas comme j'aime, moi!... » Et partout, depuis quinze années, on lui répond... (cessant tout à coup et se levant.) Mais je veux vous amener la malheureuse mère.

TOUS, avec étonnement.

Elle est ici?

BÉNITA.

Grands dieux!

MADAME DE DURASS, à Bénita, désignant Bénini et à demi-voix.

Ce n'est pas à moi qu'il faut le redemander;

attendez.... (Tous gardent le silence ; madame de Durass sort et rentre bientôt accompagnée de Julia qu'elle tient par la main.) Voici la mère qui cherche son enfant; (avec intention.) l'a-vez-vous vu, marquis de Rudjio?

TOUS, surpris.

Le marquis!

BÉNINI.

Julia!

BÉNITA.

Sa femme!

JULIA, tombant aux genoux de Bénini, et en pleurs.

Bénini!... notre enfant!...

BÉNINI.

(A part.) Oh! à sa vue tous mes soupçons re-naissent. (à Julia.) Non!... plus!... jamais!...

Elle tombe évanouie, on s'empresse autour d'elle. En ce mo-ment on entend de la musique en dehors.

LE MARQUIS DU VIGNAL, prêtant l'oreille et allant à la porte du fond.

Qu'est cela?

Sans se faire annoncer, Arthur, Guitta et l'abbé Borel entrent chez madame de Durass.

ARTHUR, ayant entendu la question du marquis et y répondant à son
entrée en scène.

C'est la musique pour demain.

> Encore en cet instant un homme masqué, à vêtements et à
> manteau noirs, avec un panache sur la tête, sort de l'appar-
> tement où doit être la galerie de tableaux de la comtesse, à
> droite. — Il traverse le salon comme s'il était poursuivi et
> gagne rapidement pour fuir la porte par où Arthur, Guitta
> et l'abbé sont entrés, c'est-à-dire la porte du fond. — Tou-
> jours la musique.

TOUS, avec une surprise mêlée d'effroi.

L'Homme Noir !

BÉNITA, regardant Bénini.

Oui, c'est Satan qui traverse l'enfer !

> Bénini porte ses regards sur Julia à qui on donne des soins ;
> la musique continue en s'éloignant. — La toile tombe.

FIN DU DEUXIÈME ACTE.

Lendemain.

10

PERSONNAGES.

BÉNITA.

Le baron de RIMBO.

ARTHUR.

GUITTA.

BÉNINI DE RUDJIO.

JULIA DE RUDJIO.

L'abbé BOREL.

THÉODORE.

La comtesse de DURASS.

Le marquis du VIGNAL.

Le vicomte d'ARBROL.

FRANK.

Un Sous-intendant.

PIERRE LE PARISIEN.

Personnes invitées au bal.

Rustres. (Voix en dehors.)

Domestiques.

ACTE TROISIÈME.

Appartements antiques ; apprêts de bal ; lustres allumés dans la salle du fond ; une grande porte ouverte sur celle du devant ; de chaque côté de cette grande porte deux portes-fenêtres fermées ; draperies relevées ; plusieurs issues latérales ; petit banc à gauche.

SCÈNE PREMIÈRE.

FRANK, UN SOUS-INTENDANT,

FRANK.

C'était la nuit et en été ; la lune argentait les feuilles ; les chemins, secs et poudreux, ressemblaient à des linceuls qui se froissent, et les pierreries du ciel projetaient un éclat vif et étincelant.

Tout à coup la lune disparut; on entendit un sifflement, une poussière tourbillonna, les arbres mugirent et les fleurs tremblèrent, et le ciel ressemblait à une voûte embrasée qui s'écroule; et le tonnerre rugissait.

LE SOUS-INTENDANT.

En vérité, vous commencez une description de tempête.

FRANK.

Alors, éclairé par un éclair, je vis marcher un homme sur la route sinueuse à gauche de l'avenue du château. L'électricité s'était assez prolongée pour que j'eusse déjà reconnu, d'après son costume et surtout à son panache flottant, l'Homme Noir du Chêne-du-Diable. — Il se dirigeait vers son arbre, dans le tronc duquel brillait une couleur rouge et bleue.

LE SOUS-INTENDANT.

Vraiment?

FRANK.

Oui; et cette lumière s'échappait d'une ouver-

ture ronde comme un œil de cyclope en fureur.
Eh bien! le croiriez-vous? malgré ma crainte
j'allai au Chêne-du-Diable, à cet arbre qui sort de
la terre en faisant une grimace au monde.

LE SOUS-INTENDANT.

Est-il toujours à la même place?

FRANK.

Oui, et personne n'en approche. — Aussitôt
l'Homme Noir, que je croyais encore loin de moi,
me saisit le bras et me regarda avec des yeux qui,
comme deux soupiraux flamboyants, me laissè-
rent, je crois, apercevoir sa cervelle, s'il en porte
une toutefois; car on prétend que les esprits n'en
ont pas.

LE SOUS-INTENDANT.

Et ensuite qu'est-ce qu'il vous dit?

FRANK.

Ces mots sortirent de ce qu'on nomme bouche,
mais qui pour lui était un antre de rocher, un
trou de précipice, une gueule de monstre. — En

venant ici, me dit-il, veux-tu te donner au diable ou veux-tu qu'il se donne à toi? — Je n'ai, répondis-je, aucune autre intention que celle de me rendre bien vite au château de mon maître. — De ton maître? Et il ricana. Pour annoncer, ajouta-t-il, que tu as eu bien peur, que je suis bien noir, n'est-ce pas? — Comme vous voudrez, mon bon seigneur, répliquai-je. — Poltron, reprit-il à son tour, pourquoi t'arrêtes-tu vers mon arbre? Pour voir ce qu'il y a dedans? Eh bien! va le dire. C'est un cadavre qui brûle toujours; ces couleurs rouge et bleue sont celles que portaient son amante; il les a revêtues, et il brûle avec elles. Va. — Soudain le chêne se mit à craquer, et l'Homme Noir disparut.

LE SOUS-INTENDANT.

Vous avez vu et entendu tout cela?

FRANK.

Tout cela.

LE SOUS-INTENDANT.

Et vous n'êtes pas mort?

FRANK.

Comme vous voyez. — A mon retour au château, lorsque j'ai voulu raconter mon histoire,
on a ri à mon nez; et depuis cinq ans c'est la première fois que je reviens sur un pareil sujet,
parce que l'Homme Noir a reparu.

LE SOUS-INTENDANT.

J'admire votre conte; il est effrayant.

FRANK.

Bah! un conte! Et ce qu'il y a de plus vrai,
c'est que j'ai un rendez-vous avec l'homme du
chêne avant le bal, ce soir. Il y a juste aujourd'hui
cinq ans qu'il me le donna près de son arbre pour
me trouver ici dans cette salle; il me l'a rappelé
hier en fuyant. Mais peut-être oubliera-t-il...

LE SOUS-INTENDANT.

Je ne voudrais pas être intendant du château
de Rimbo.

FRANK.

Vous approchez de l'emploi, monsieur le sous-
intendant; et si une espèce de démission...

LE SOUS-INTENDANT.

Allez sous terre.

FRANK.

J'aime mieux attendre dessus. Retirez-vous.

Le sous-intendant sort.

SCÈNE DEUXIÈME.

FRANK, seul.

Tout est-il prêt? (Il regarde.) Oui, tout. Quelle heure? (Il tire sa montre.) Sept heures; bientôt mon rendez-vous, et dans une heure la fête. — Madame la baronne va bientôt venir aussi; car je lui ai entendu dire : « Oui... avant le bal encore une dernière fois... seule avec lui...»—Avec qui? je l'ignore. Sans doute avec le marquis de Rudjio.—Peu m'importe, au reste, et de quoi vais-je m'occuper? — La porte de la vieille terrasse est-elle ouverte?... La baronne avait recommandé pour prendre l'air... (Il va à l'issue à droite, et heurtant la porte.) Non, fermée! c'est singulier... (La porte s'ouvre; Frank, reculant effrayé.) L'Homme Noir!...

LE BARON de Rimbo, masqué, dans son costume du deuxième acte.

Qui devance l'exactitude, n'est-ce pas?

FRANK, interdit.

Vous êtes libre de...

LE BARON.

Oui, depuis huit ans je suis seul, malheureux
et libre.

FRANK.

Ne puis-je savoir?...

LE BARON.

Mon nom? Tu es bien pressé.

FRANK.

Ne puis-je savoir ce qui vous amène ici?

LE BARON.

Tu sauras seulement ce que je veux de toi, et
pas autre chose.

FRANK.

C'est ce que je demande.

LE BARON.

Écoute. — Les danses terminées, tu feras entrer
dans cette salle les enfants de madame de Rimbo.

FRANK.

Et sous quel prétexte?

LE BARON.

Ce n'est pas mon affaire; cherche et trouve; je le veux.

FRANK, à part.

Cet homme me parle comme s'il était mon maître.

LE BARON.

Est-ce entendu?

FRANK.

J'obéirai.

LE BARON.

Bien. — Moi aussi je serai de la fête. Ici, de cette terrasse (Il indique.) où je suis arrivé par les souterrains du château; par cette porte, si tel est mon plaisir, je verrai tout.

FRANK.

Mais...

LE BARON.

Personne ne viendra sur la vieille terrasse.

FRANK.

Mais...

LE BARON.

Personne n'y viendra, te dis-je; la clef que voici sera perdue, et défense d'ouvrir cette porte, ou malheur à toi!

FRANK.

Pourtant...

LE BARON.

Donne tes ordres, voilà les miens. — Va.

Frank est tellement attéré par ces paroles brusques et impératives, qu'il s'éloigne comme si toujours il eût obéi à l'Homme Noir.

SCÈNE TROISIÈME.

LE BARON, seul et ôtant son masque ; il est pâle et les
cheveux en désordre.

Ce que je raconterais au monde, le monde ne
le croirait pas ; il rirait en disant : Huit années
ont passé pour vous loin de votre famille, et cela
parce que vous aimez et votre femme et vos enfants. Allons donc, vous êtes insensé. Il rirait en
sachant que je suis riche et que j'ai vécu errant
et privé de tout. Il rirait encore, bien qu'il ajoutât
foi à mes paroles ; car lorsqu'on n'agit pas comme
le monde, il raille, et pour le fréquenter il faut
être faux comme lui, sous peine de passer pour
ridicule comme il est. — Oui, j'ai vécu huit ans
avec larmes aux yeux et désespoir au cœur... —
Mille fois je me suis demandé pourquoi je ne bri-
sais pas mon existence, et mille fois un désespoir
aigu s'est converti en faible lueur qui rapporte la
vie. Oh ! souvent, en repoussant avec dégoût cette
existence, comme un malade qui ne veut pas d'un

aliment, mon cœur a pleuré rouge et mon corps
a eu faim. J'ai voulu vivre comme si j'étais mort,
et quand on lui a dit : Il n'est plus! ses lèvres ont
représenté un sourire... — O Bénita, Bénita!...
(Silence.) l'herbe gelée sur la terre froide a souvent
reçu ma tête en délire, et toujours je me disais :
Bénita me regrettera; ses remords feront en elle
ce que près d'elle toute ma vie n'aurait point fait.
— Alors, joyeux et fier, revenant de mon exil, de
ma solitude, de mes privations, de mes douleurs,
je bénirai mes enfants, Bénita; je reprendrai
ma vie facile; le bonheur me donnera des
larmes, et je ne dirai rien de ce que j'ai souffert;
non, rien!... (soupirant.) Le jour a donc paru deux
mille neuf cent vingt fois pendant que je me suis
dit tout cela... (Profond soupir.) Enfin j'ai essayé! —
O Bénita! nous étions créés l'un pour l'autre, avec
ta haine de moins et ton amour de plus! — Mes
enfants, ô mes enfants, il faut que je vous revoie!
— On vient, fuyons...

                                        Il regagne la terrasse.

SCÈNE QUATRIÈME.

THÉODORE, L'ABBÉ BOREL.

Ils arrivent ensemble par une des portes du fond.

THÉODORE.

Quelle scène affreuse hier?

L'ABBÉ.

Épouvantable !

THÉODORE.

Et où avez-vous passé la nuit ?

L'ABBÉ.

Chez madame de Durass.

THÉODORE.

Et madame de Rudjio, Julia ?

L'ABBÉ.

Je crois qu'elle a disparu.

THÉODORE.

La baronne de Rimbo est une femme horrible.

L'ABBÉ.

Hélas ! comme elle a traité son fils...

THÉODORE.

Pour quelques mots lancés...

L'ABBÉ.

A ce marquis de Rudjio.

THÉODORE.

Et cet Homme Noir agitant sa robe comme des
ailes de chauve-souris; qui peut-il être?

L'ABBÉ.

Les paysans se chargent de nous l'apprendre.

THÉODORE.

Je vous fais mes adieux, et je vais les offrir à
Arthur. Je crois ma présence inutile au château;
car autrement...

L'ABBÉ.

Vous partez ?

THÉODORE.

Avant la nuit je serai à Vienne, et demain en
route pour la Capitale.

L'ABBÉ, résolument.

Nous partirons ensemble...

THÉODORE.

Que dites-vous?

L'ABBÉ.

Oui, je veux reprendre mon service auprès de Dieu. (à part.) Puisse-t-il me guérir !

THÉODORE.

Au revoir, alors ; à bientôt.

Il sort par où il est entré.

SCÈNE CINQUIÈME.

L'ABBÉ, seul.

Malheur à celui qui porte un cœur chaud avec un vieux visage; oui, malheur!... car il marchera parmi ces sourires qui dévorent, et on lui dira sans cesse : « Va, ton heure est passée, et ne t'arrête plus sur le chemin de l'amour.—Bénita, mon ame est en entier ton bien; mais ta vue, pour moi, c'est l'aimant qui attire au crime; et la nuit, ce jour des morts, cet instant où ils se parlent dans un silence qu'on n'ose troubler, cette nuit passée, en m'effrayant plus que toutes les autres, m'a donné force et résolution. Oh! je veux fuir pendant que Dieu le permet.

SCÈNE SIXIÈME.

BÉNITA, L'ABBÉ BOREL.

BÉNITA. Elle entre par la gauche.

(N'apercevant pas l'abbé.) Personne encore! Bien... il peut venir! (l'apercevant.) L'abbé!

L'ABBÉ.

Lui-même, madame.

BÉNITA.

Que venez-vous faire ici?

L'ABBÉ.

J'ai dans mon souvenir votre invitation.

BÉNITA.

Mais il n'est pas l'heure, ce me semble.

L'ABBÉ.

Est-ce pour cette raison que je vois madame la baronne?

BÉNITA.

Je suis maîtresse en ces lieux.

L'ABBÉ.

Moi, j'y viens en ami.

BÉNITA.

Pour épier ma conduite, n'est-ce pas?

L'ABBÉ.

Quand la conscience ne reproche rien, que doit-
on craindre?

BÉNITA.

L'importunité.

L'ABBÉ.

A l'instant je vous en délivre, car à l'instant je
pars.

BÉNITA.

Merci.

L'ABBÉ.

Avant, madame, je veux que vous sachiez un
secret.

BÉNITA.

A quoi bon ?

L'ABBÉ.

Je m'en irai moins triste.

BÉNITA.

Où donc ?

L'ABBÉ.

Hélas ! que vous importe ?

BÉNITA.

Eh bien ! je connais votre secret, vous pouvez
partir.

L'ABBÉ.

N'est-ce pas que c'est bien que je retourne à
Dieu pour demander pardon de l'avoir quitté ?

BÉNITA.

Oui, c'est bien... —

Elle regarde de tous côtés avec inquiétude.

L'ABBÉ.

Il aime, lui, même ceux qui négligent de le
prier.

BÉNITA.

Il est Dieu, lui, il peut choisir; voilà pourquoi
il ne choisit pas.

L'ABBÉ.

Comme fait un bon père.

BÉNITA.

L'abbé, j'approuve votre décision, je vous remercie de vos conseils... Adieu.

L'ABBÉ.

Quand vous penserez à moi, si vous y pensez,
ne riez pas, madame; car j'aime et j'ai bientôt
cinquante ans.

BÉNITA.

A votre tour, souvenez-vous qu'il n'est qu'un
âge pour ressentir les passions, les comprendre
et les inspirer. (avec impatience.) Mais adieu, vous
ai-je dit... —

L'ABBÉ.

Veillez sur vos enfants, madame.

BÉNITA.

Oui, oui... Allez,

L'ABBÉ.

Je vous recommande ce cher Arthur.

BÉNITA.

Oh! je serai juste envers lui.

L'ABBÉ.

Bien; le ciel vous récompensera. (à part.) Malheureux! comme il souffrait hier!

BÉNITA, entendant l'abbé et à part aussi.

Moins que je ne souffre à cette heure.

Elle marche à grands pas, et dans une agitation extrême.

L'ABBÉ.

(A part.) Elle ne m'écoute plus! c'est Bénini
qu'elle attend; soyons généreux. (Il s'éloigne; avant
de sortir il se retourne, et lançant un dernier regard à la baronne.) Bénita! adieu!!...

Il sort.

BÉNITA, seule, et semblant respirer à son aise.

Enfin!!... (avec joie.) Oh! maintenant, toute à lui,
qu'il vienne!

UN DOMESTIQUE.

Madame, on entre dans les premiers salons.

BÉNITA.

Arthur et Guitta y sont-ils pour recevoir ?

LE DOMESTIQUE.

Oui, madame.

BÉNITA.

Cela suffit; allez, et que tout commence.

Le domestique sort.

SCÈNE SEPTIÈME.

BÉNITA, BÉNINI.

BÉNITA, allant à Bénini qui entre par une porte latérale à droite.
—Tombant à ses genoux.

Bénini, m'aimes-tu encore ?

Le marquis va pour sortir; elle le retient.

BÉNINI, la regardant froidement.

N'avez-vous que cela à me dire ?

BÉNITA.

Puis-je te parler d'autre chose ?

BENINI, cherchant quelques paroles à dire.

Il me semblait que nous devions nous entendre sur les moyens de me venger d'Arthur.

BÉNITA.

C'est vrai.

BÉNINI.

«Homme sans foi, sans honneur,» a-t-il dit... parce

que vous m'appartenez, et que je repousse une
épouse criminelle. — De quoi se mêle-t-il?

BÉNITA, d'un ton tout à coup résolu et d'un air dissimulé.

Nous nous vengerons. — Avez-vous un stylet?

BÉNINI.

Toujours.

BÉNITA.

Donnez.

BENINI, tirant de son habit un stylet qu'il donne à Bénita.

Qu'en ferez-vous?

BÉNITA.

Vous verrez; l'usage en sera prompt et sûr.

BÉNINI.

Je m'en rapporte à vous; mais pourtant...

BÉNITA.

Sachez seulement qu'il ne servira point pour
Julia. — Marquis, où est-elle?

BÉNINI.

Je l'ignore.

BÉNITA.

(A part.) Il me trompe. (à Benini.) Vous l'ignorez ?

BÉNINI.

Je le jure.

BÉNITA.

Mensonge, parole d'un damné; vous la cherchez sans doute pour fuir avec elle. Eh bien ! soyez heureux. (à part.) Oh ! je ne le veux pas ! (au marquis avec un son de voix suppliant.) Bénini, m'aimes-tu encore ?

BÉNINI, se retournant.

On nous observe.

On aperçoit madame de Durass entre le marquis du Vignal et le vicomte d'Arbrol, qui tous trois regardaient par la grande porte du milieu du fond depuis quelques instants. Ils se retirent.

BÉNITA.

C'est bien, rentrons.

Bénita et Bénini se dirigent vers les salons du bal et referment sur eux la grande porte. On voit à travers les fenêtres, les danses ; on entend la musique. A peine le marquis et la baronne ont-ils quitté la salle de la vieille terrasse que les cris du second acte recommencent en dehors et un peu éloignés.

L'Homme Noir ! il nous faut l'Homme Noir !

UNE VOIX.

A mort ! — A nous l'Homme Noir !

TOUTES LES VOIX.

Oui, oui, sa mort !

En cet instant Frank et la baronne sortent de la salle du bal, en
refermant la porte ; ils écoutent.

UNE VOIX.

Sur la terrasse !

TOUTES LES VOIX.

Oui, oui, sur la vieille terrasse !

BÉNITA, à Frank.

Entends-tu ? ils disent : Sur la terrasse !

FRANK, avec effroi.

Je n'ai pas entendu cela.

BÉNITA, allant à la porte de la terrasse et regardant Frank.

Je t'avais ordonné qu'elle fût ouverte.

FRANK, hésitant.

La clef est perdue.

BÉNITA.

Alors, il faut laisser entrer cette foule qui crie,
pour qu'elle nous délivre de cet Homme Noir,
et qu'elle s'en aille ensuite.

FRANK.

Gardez-vous-en bien, elle mettrait au pillage
le château.

BÉNITA.

Tu as raison... — (Les cris continuent sourdement.) Mais,
n'est-ce pas la voix de Pierre Leparisien qui do-
mine les autres ?

FRANK.

Oui, madame.

BÉNITA, résolument.

Eh bien ! va lui dire que je l'attends ici pour
mettre l'Homme Noir à sa disposition. — Que
la foule se disperse; toi, rentre dans les salons et
fais savoir que je m'occupe en ce moment de la
tranquillité de la fête. Va. (Frank, paraissant surpris, va
pour sortir, la baronne le rappelle.) Frank, donne-moi de
l'argent.

Frank lui remet une bourse et sort.

BÉNITA, réfléchissant quelques secondes.

Oui... c'est horrible... Mais c'est cela.

Elle sourit d'une manière convulsive. Pierre Léparisien entre, précédé de Frank.

BÉNITA, à Frank.

Laisse-nous.

Frank rentre au bal ; les draperies de la salle du fond se baissent. De temps à autre on entend la musique.

SCÈNE HUITIÈME.

BÉNITA, PIERRE.

BÉNITA.

Tu t'appelles ?...

PIERRE.

Pierre Leparisien.

BÉNITA.

Tu arrives des bagnes ?

PIERRE.

De Toulon ; belle rade, ma foi !

BÉNITA.

Tu avais commis un crime, il y a dix ans ?

PIERRE.

Les hommes ont essayé de le prouver ; mais c'était injuste.

BÉNITA.

Je ne t'ai point fait venir pour t'accuser ou te

plaindre. — Écoute. (Pierre prête attention.) Veux-tu de
l'argent ?

PIERRE.

Me prenez-vous pour autre chose que pour un
homme ?

BÉNITA.

Non ; mais je puis penser qu'à toute règle il y
a exception.

Elle lui donne une bourse.

PIERRE, faisant sonner la bourse et d'un ton expressif.

Quand cela sonne, il n'y a plus de règle ; comment voulez-vous qu'il y ait exception ?

BÉNITA.

C'est juste.

> Pendant tout ce que dit Leparisien avec un ton original, la
> baronne a peine à se contenir ; mais l'assurance décidée de
> Pierre la force de se taire, pensant qu'il faut le laisser
> parler pour obtenir quelque chose de lui.

PIERRE.

J'ignore ce que vous allez exiger de moi ; c'est
peut-être quelque chose de bien ; parlez, je fais un

peu de tout, principalement du mal; c'est plus
facile. Que voulez-vous? c'est ma nature, à moi.
— On dit qu'il est toujours temps de s'arrêter,
parce qu'il y a un Dieu pour tous; et cependant,
moi je ne m'arrête jamais. Je glisse sur ce qu'on
appelle l'honneur, comme un prêtre glisse sur
l'abstinence; comme l'époux glisse sur ses devoirs;
comme...

BÉNITA.

D'abord j'aime la discrétion, et tu m'as l'air
d'un franc bavard.

PIERRE.

Vous me flattez.

BÉNITA.

J'ai autre chose à faire.

PIERRE.

A la bonne heure. — Payez bien, vous serez
bien servie. Vous, grands seigneurs et châtelaines,
vous avez de quoi; achetez, je vous vendrai tout,
excepté ma conscience; car j'aime à livrer ce
qu'on m'achète. Ainsi, pas de conscience, c'est

12

convenu; mais des bras et une langue muette ou
remplie de venin. Vous avez à votre disposition
un véritable outil de grand seigneur.

BÉNITA.

Misérable !

PIERRE.

Vous ne vous fâcherez pas, ma châtelaine, et
j'en profite pour vous dire ce que j'ai dans... la
tête. (Il retire sa main qu'il avait mise sur son cœur.) Quand
vous avez besoin de nous, vous ne craignez pas
de tacher vos doigts; vous gardez même pour le
lendemain les gants qui ont pressé notre main la
veille. (souriant.) Vous les cachez, ces mains plus
noires que les nôtres; car vous pourriez vous passer d'un crime, et souvent il nous le faut pour
vivre.

BÉNITA.

Mais qui te dit...?

PIERRE, regardant Bénita fixement.

Ma présence au château. (Il continue.) Le malheur
est que nous soyons obligés d'agir par nous-

mêmes, et si nous pouvions monter jusqu'à
vous, nous rencontrerions peut-être quelque
chose de plus bas que l'homme du peuple...

BÉNITA.

Insolent! (à part.) Quelle humiliation!

PIERRE.

Vous, vous êtes près du trône et les grands
écrasent les petits. Eh bien! malgré cela, foi de
Pierre! j'aime mieux être homme du peuple.

BÉNITA.

J'ai eu la patience d'entendre...

PIERRE, à part.

Et aussi d'écouter.

BÉNITA.

A ton tour.

PIERRE.

La patience est la vertu des solliciteurs; et
vous sollicitez; avec de l'or, j'en conviens, mais
vous sollicitez.

BÉNITA.

Prends ce stylet.

Elle lui remet le stylet de Bénini.

PIERRE, l'examinant.

Qu'il est brillant! La mort doit s'y mirer avec plaisir.

BÉNITA.

Demain soir, à onze heures, viens dans cette salle.

PIERRE.

Par où?

BÉNITA.

Toute entrée sera libre.

PIERRE.

C'est bien. — Après?

BÉNITA.

Tu demandais l'Homme Noir, tu l'auras avec beaucoup d'or. Quel que soit son costume, frappe!... — ce sera l'Homme Noir.

PIERRE.

Il est donc aussi votre ennemi ?

BÉNITA.

J'ai l'habitude, quand je paie, qu'on m'obéisse sans m'interroger.

PIERRE.

Vous êtes une digne femme.

BÉNITA.

C'est dit; onze heures.

PIERRE.

C'est dit.

Il sort par la droite, d'après un signe de Bénita qui le suit.

SCÈNE NEUVIÈME.

ARTHUR, BÉNINI. Ils arrivent ensemble par la porte du fond.

ARTHUR, prenant vivement le bras de Bénini, et d'un ton énergique.

Monsieur, vous partirez; vous partirez, vous dis-je.

BÉNINI.

Vraiment, monsieur, votre conduite m'étonne, et cet éclat blesse toute convenance.

ARTHUR.

Nous sommes seuls, et je vous le répète, il faut quitter le Dauphiné, ou ne plus reparaître au château.

BÉNINI, surpris.

Comment, un ordre?

ARTHUR.

Oui, monsieur.

BÉNINI, souriant.

Alors, je reste.

ARTHUR, d'une voix altérée.

Ne riez pas, monsieur, car je souffre, et prenez garde que je ne vous brise.

BÉNINI, avec calme.

Je n'ai peur de rien; je le disais hier à madame de Durass.

ARTHUR.

Fuyez donc avec elle; mettez vos deux cœurs ensemble, et cela n'en fera pas un.

BÉNINI, se possédant.

Vos paroles sont bien amères, monsieur Arthur.

ARTHUR, que le sang-froid de Bénini désarme.

Eh bien! marquis, c'est vrai; pardonnez-moi; — mais, je vous en prie, laissez-nous. — Madame de Rudjio, j'en suis sûr, n'est pas coupable; retournez auprès d'elle, et j'oublierai que vous

fûtes l'amant de ma mère, j'oublierai tout... Mais
vous, songez à Guitta, à ma sœur bien-aimée;
qu'elle me reste à moi, son frère, qui n'ai qu'elle
au monde... — Oh! partez, je vous en conjure
encore; il arriverait malheur si vous restiez
plus long-temps ici.

BÉNINI.

Je ne me rends point aux ordres, mais je cède
aux prières.

ARTHUR.

Oh! que je vous remercie! Il ne me manque
qu'une seule chose pour être heureux.

BÉNINI.

Laquelle ?

ARTHUR.

C'est que vous n'ayez aucun souvenir de mes
paroles.

BÉNINI.

A vos désirs.

Il tend la main à Arthur.

ARTHUR, la refusant.

Marquis, c'est impossible! vous êtes l'amant
de ma mère,

BÉNINI.

Demain je serai sur la route de Paris.

ARTHUR.

Avec la marquise de Rudjio?

BÉNINI.

Avec la marquise de Durass.

Il rentre au bal.

SCÈNE DIXIÈME.

ARTHUR, seul et regardant sortir Bénini.

Pauvre Julia!... Pas un regret, pas un soupir
pour toi! Tout me dit pourtant que tu es inno-
cente; — mais pour te récompenser le ciel te ren-
dra ta fille, et des larmes qui coulent pendant
quinze ans doivent amollir des pierres. Oh! non,
le marquis ne partira pas, il ne peut pas partir
sans toi. (s'interrogeant.) Où donc peut-elle être? Presque aussitôt que cet Homme Noir eut traversé le
salon de madame de Durass, elle a disparu aux
yeux, comme une vapeur à l'air.—Oh! j'ai souvent
pensé à une femme comme Julia, à une femme
qui dépensât sa vie pour atteindre un seul but :
aimer et être aimée. — Malheur! Julia, tu es marquise de Rudjio, et Bénini existe! (Après un court silence.)
Encore une fois où peut-elle être?

> Il semble réfléchir. — La grande porte du salon s'ouvre; Guitta
> y paraît seule. — Les lumières s'éteignent; la musique, les
> danses, le bruit, tout cesse peu à peu; la nuit vient par de-
> grés. — Un clair de lune.

SCÈNE ONZIÈME.

ARTHUR, GUITTA.

GUITTA. Elle entre en scène par la porte du fond, où elle est restée quelques instants comme cherchant quelqu'un ; après l'avoir refermée avec soin elle arrive doucement derrière Arthur, et ayant entendu ses dernières paroles.

Me voici, Arthur.

ARTHUR, à part.

Guitta ! Pourquoi vient-elle ici ?

GUITTA.

Je te cherchais, ami frère.

ARTHUR.

Que me veux-tu, ma Guitta ?

GUITTA.

Tes regards en sortant avec monsieur de Rudjio m'ont fait peur, et j'étais inquiète.

ARTHUR.

Moi je suis triste ; le départ de Théodore m'afflige.

GUITTA.

Je te reste, frère. — Mais revenons au marquis.

ARTHUR.

Sois calme à présent; tout est arrangé.

GUITTA.

Tout est arrangé... Quoi donc?

ARTHUR, dissimulant.

Rien, rien...

GUITTA.

Tu me caches quelque chose?

ARTHUR.

Et toi aussi, Guitta.

GUITTA, spontanément.

Eh bien! oui, je l'aime plus que jamais, et surtout depuis qu'il remarque madame de Durass. — Il ne l'a pas quittée pendant tout le bal. (Avec douleur.) Et le croiras-tu, Arthur, ils sont partis ensemble. Oh!...

ARTHUR.

Songe qu'il est marié, Guitta; que sa femme
existe...

GUITTA.

Ah! oui... sa femme!

ARTHUR.

Et ta mère, notre mère... Si tu savais...

GUITTA.

Je sais qu'elle l'aime aussi.

ARTHUR.

Comment?...

GUITTA.

Oui... mais ne m'apprends rien de plus.

ARTHUR.

Que de larmes tu te prépares!

GUITTA, souriant avec mélancolie.

Oh! non, va. Si tu crains de me voir pleurer,
à ton tour sois tranquille; car il n'y a point de

bonheur pour Guitta, et ses yeux ne veulent que des larmes de joie.

ARTHUR.

Malheureuse! que dis-tu?

GUITTA.

Rien, rien...

ARTHUR, tendrement.

Et ton ami frère, tu n'y penses donc pas?

GUITTA.

Bénini!... Arthur!... ces deux mots emporteront mon dernier souffle.

ARTHUR.

Mais bien tard, n'est-ce pas?

GUITTA.

Peut-être.

ARTHUR.

Oh! je suis rassuré, car tu souris.

GUITTA.

C'est mon ame qui déjà parcourt mes lèvres.

ARTHUR.

Enfant!

GUITTA.

Arthur, j'ai dix-huit ans, avec amour et désespoir.

ARTHUR.

Tais-toi, je t'en conjure.

GUITTA.

Oui, oui, tu as raison, je dois me taire ; — mais alors raconte ce souvenir qui allait s'échapper de ta mémoire ce matin, quand la baronne est venue nous interrompre.

ARTHUR.

Une autre fois. Retirons-nous ; minuit a sonné depuis long-temps.

GUITTA.

Vois donc la lune, cette mère de la nuit, qui égaie doucement par son regard ; vois comme elle brille. Eh bien ! c'est pour nous inviter à la tendresse et aux rêveries. — Raconte.

ARTHUR.

Non ; viens... —

GUITTA.

Tu sais que la baronne s'occupe fort peu de
nous; Frank est fatigué, il repose; ainsi...—Tiens,
allons sur la vieille terrasse.

Elle s'y dirige.

ARTHUR, la retenant.

Y songes-tu?

GUITTA.

Pourquoi?

ARTHUR.

La rosée pourrait faire mal à ma Guitta; et
puisque tu veux absolument mon histoire, as-
seyons-nous sur ce petit banc.

Tous deux s'asseyent.

GUITTA.

Voyons, dis; j'écoute.

ARTHUR.

Eh bien! donc, j'avais douze ans lorsque je me
trouvai sous un ciel bien bleu et qu'on me dit:
Tu es en Italie. — Nous verrons, me répétait le
baron de Rimbo, mon père, nous parcourrons

ensemble Gênes, cette superbe; Venise la belle, avec son amphithéâtre d'atours; puis Naples la brûlante; et Rome; Rome l'antique, la célèbre, la sainte, qui évoque des souvenirs à chaque pas, lorsque seulement on regarde des pierres qui, noircies et jetées en désordre par la main du temps, ressemblent, pour une imagination fascinée, à ces patriciens, sénateurs et plébéiens, naguère enfants de la maîtresse du monde. — J'écoutais avidement toutes ces paroles; le baron respirait à peine en me promettant la vue de tout cela; et par un jour plus beau que les beaux jours, dans une promenade à Milan, où nous étions, ses yeux scintillèrent, tout son être se froissa, quand il me dit : Cher Arthur, il n'y a plus en ces lieux cet ardent, ce vif amour de la patrie; mais dans l'air qu'on y respire, il règne encore cette passion sacrée dans l'ame des femmes, pour les hommes qui savent se prosterner et adorer. Oh! c'est qu'on aime ici, comme ici, on sait haïr!.. — Et il soupira profondément.

GUITTA.

Et moi, où étais-je?

13

ARTHUR.

Auprès de la baronne; tu essayais par tes caresses d'arrêter ses larmes.

GUITTA.

Et pourquoi pleurait-elle?

ARTHUR.

A la suite d'un grand bruit de paroles, d'où je
ne distinguai que celles-ci : « Je vous hais! » —
mon père m'entraîna; la baronne venait de les
prononcer avec un accent terrible.

GUITTA, cherchant dans sa mémoire.

Maintenant... oui... je me souviens... Elle me
repoussait déjà en disant : « Qu'il parte! que je
cesse de le voir! Est-ce ma faute, mon Dieu, si je
ne l'aime pas? » (naïvement.) Qui donc n'aimait-elle
pas, Arthur?

ARTHUR.

C'était mon père.

GUITTA, vivement.

Tu es fou.

ARTHUR.

J'ai toute ma raison. — Réfléchis.

GUITTA, tristement.

C'est vrai.

ARTHUR.

Et par un changement subit des idées du baron,
nous ne parcourûmes que la route de Milan au
château de Rimbo, avec une telle rapidité qu'on
aurait pu croire que nous fuyions devant les flots
d'un torrent.

GUITTA.

C'est encore vrai.

ARTHUR.

On m'envoya au collége à Paris; toi tu restas
au château, et le baron disparut.

GUITTA.

Hélas! oui.

ARTHUR.

Mais j'ai vingt ans, Guitta, et je veux savoir ce
qu'est devenu mon père.

GUITTA.

Oh! cherchons-le, Arthur; et nous le trouve-rons, car Dieu doit aider les enfants qui cherchent leur père.

ARTHUR.

Ainsi que les mères qui cherchent leur fille.

GUITTA.

Prions.

Ils se lèvent, s'agenouillent tous deux sur le petit banc en face de la porte de la terrasse. La porte s'ouvre; le baron paraît avec son masque.

ARTHUR et GUITTA, effrayés.

L'Homme Noir!...

Guitta veut fuir.

LE BARON, ôtant son masque.

Qui est quand il lui plaît le baron de Rimbo.

(Arthur, muet de surprise et de joie, se jette dans les bras du baron. Le baron.) Mon fils!

Comme Arthur et le baron restent long-temps embrassés

GUITTA.

Et moi, Arthur?... (reprenant la place d'Arthur.) Mon père!

LE BARON.

Chère Guitta!

Scène muette pendant laquelle le baron regarde plutôt Arthur que Guitta.

GUITTA, avec impatience.

Mais regardez-moi donc, mon père.

LE BARON, placé entre eux.

(A Guitta.) Oui, oui... (avec émotion et tendresse.) Oh! en ce moment, je suis un ange; et vous les ailés qui me soutenez en cette vie. (Arthur et Guitta se rapprochent en pleurs.) Quoi, des larmes! Oh! je voudrais une couronne faite de vos pleurs; quels bijoux précieux que ces perles de vos ames!...

GUITTA, élevant son regard, et avec une voix altérée.

Merci, mon Dieu! — Vois-tu, Arthur, c'est que nous avons prié.

LE BARON.

Oui, mes enfants, la prière amène le bonheur; et pourtant...

Profond soupir.

GUITTA.

Mon père, vous souffrez...

LE BARON.

Non, non; dans quelques jours je serai bien près de vous, mes enfants; et pour ne plus vous quitter.

ARTHUR.

Pourquoi dans quelques jours?

LE BARON.

Que Bénita ignore encore ma présence au château.

GUITTA.

N'est-ce pas, c'est elle la cause de tous vos chagrins?

LE BARON.

Paix, Guitta, paix... Bientôt vous saurez tout. — Demain soir, à onze heures, trouvez-vous ici dans cette salle. (à Arthur.) Arthur, mon fils! mon espoir!

Ils s'embrassent encore.

GUITTA, en pleurant.

Mais à moi, vous ne dites pas : Ma fille!

LE BARON.

Oui, ma fille, ma fille!

GUITTA.

Oh! vous êtes moins tendre pour moi que pour Arthur.

LE BARON.

Attends, je vais te donner une tendresse sans partage. (allant à la terrasse, il en ramène Julia; — puis, à Guitta.) Tiens, Guitta, voilà ta mère.

GUITTA, stupéfaite.

Ce n'est pas la baronne?

JULIA, avec un élan de mère.

Ma Guitta, c'est ta mère!

Guitta est dans les bras de Julia, Arthur dans ceux du baron.

LE BARON, après une seconde et courte scène muette.

Ah! voilà notre fête, à nous !

La toile tombe.

FIN DU TROISIÈME ACTE.

Surlendemain.

PERSONNAGES.

BÉNITA.

LE BARON DE RIMBO.

ARTHUR.

LE VICOMTE D'ARBROL.

FRANK.

UN SOUS-INTENDANT.

GUITTA ⎫
JULIA ⎬ en dehors.

PIERRE LE PARISIEN.

RUSTRES.

DOMESTIQUES.

ACTE QUATRIÈME.

Même décoration que celle du troisième acte ; la salle de la terrasse. Plusieurs domestiques vont et viennent dans les salons
du fond ; ils semblent être occupés à remettre tout en ordre.

SCÈNE PREMIÈRE.

FRANK, UN SOUS-INTENDANT.

LE SOUS-INTENDANT, entrant par la porte de la terrasse et
appelant Frank, qui est dans la seconde salle.

Monsieur Frank !

FRANK, arrivant dans la première salle.

Eh bien ?

LE SOUS-INTENDANT, conduisant Frank près de la porte de
la terrasse.

Regardez...

FRANK.

Quoi donc ?

LE SOUS-INTENDANT.

Ne voyez-vous pas dans la campagne, à gauche,
quelque chose de noir ?

FRANK.

Oui... c'est l'homme au masque.

LE SOUS-INTENDANT.

Il sillonne les blés...

FRANK.

Il s'arrête...

LE SOUS-INTENDANT.

Son arbre paraît lui tendre les bras.

FRANK.

Dites plutôt les cornes.

LE SOUS-INTENDANT.

C'est le diable qui les aura plantées en passant.

FRANK.

Ne trouvez-vous pas qu'il ressemble au tronçon
du corps d'un nègre?

LE SOUS-INTENDANT.

Le diable, l'homme ou le chêne?

FRANK.

Le chêne.

LE SOUS-INTENDANT.

Voilà des paysans qui regardent...

FRANK.

Oui... et ils laissent passer l'Homme Noir.

LE SOUS-INTENDANT.

Et sans rien dire.

FRANK.

C'est étonnant! (à part.) Ma maîtresse aura sans
doute parlé pour lui.

Frank et le sous-intendant regardent toujours.

LE SOUS-INTENDANT.

Il approche de son arbre.

FRANK.

Comme la terre qui l'entoure est aride et des-
séchée !

LE SOUS-INTENDANT.

C'est que l'enfer est dessous.

Tous deux cessent de regarder et descendent la scène.

FRANK.

Béni soit celui ou celle qui nous délivrera de
l'Homme Noir !

LE SOUS-INTENDANT.

Comment vous, intendant du château, ayant à
votre disposition tous les rustres du voisinage,
comment se fait-il que vous ne parveniez pas à
l'atteindre ?

FRANK.

Mon cher, la peur ne craint rien ; elle com-
mande presque à tout le monde, et je crois qu'in-

tendant, sous-intendant et rustres, nous sommes
tous ses fidèles sujets.

LE SOUS-INTENDANT.

Eh! mais, j'y songe... votre rendez-vous d'hier
soir?

FRANK.

Je suis encore à m'en remettre. — L'*homme* m'a
traité en esclave.

LE SOUS-INTENDANT.

Et vous avez obéi?...

FRANK.

Comme il me traitait.

LE SOUS-INTENDANT.

Si c'eût été moi, je réponds bien...

FRANK.

De quoi?

LE SOUS-INTENDANT.

Je vous assure que je saurais maintenant qui
il est.

FRANK.

Que ne preniez-vous ma place?

LE SOUS-INTENDANT.

Vous ne me l'avez point offerte.

FRANK.

Si votre bravoure est aussi stable que votre
mémoire, vous devez faire un champion distingué.

LE SOUS-INTENDANT.

Il avait donc des armes?

FRANK.

Ses armes, à lui, sont des paroles qui clouent
la résistance.

LE SOUS-INTENDANT.

Que vous a-t-il ordonné?

FRANK.

D'abord de ne point ouvrir cette porte.

Il indique la porte de la terrasse.

LE SOUS-INTENDANT, reculant effrayé.

Elle l'était, je vous jure.

FRANK, souriant avec moquerie.

C'est bien, Turenne.

LE SOUS-INTENDANT, se rapprochant de Frank.

Et ensuite?

FRANK.

Ensuite il voulait que j'introduisisse dans cette salle monsieur Arthur et mademoiselle Guitta, qui s'y sont rendus par hasard.

LE SOUS-INTENDANT.

Et vous n'êtes point resté pour les défendre?

FRANK.

Monsieur Arthur est jeune...

LE SOUS-INTENDANT.

Mais frêle et souffrant.

14

FRANK.

D'ailleurs ma chambre touche de près à cet
appartement, et au moindre bruit...

LE SOUS-INTENDANT.

Au moins il fallait écouter.

FRANK.

Je tombais de lassitude.

LE SOUS-INTENDANT.

Vous ignorez donc ce qui s'est dit?

FRANK.

Absolument.

LE SOUS-INTENDANT.

Le demanderez-vous?

FRANK.

Je pense que l'Homme Noir reviendra chercher
sa clef; restez pour l'interroger.

LE SOUS-INTENDANT.

Et vous?

FRANK.

Moi, je me retire.

LE SOUS-INTENDANT.

Moi, je vous suis.

Ils rentrent par une issue latérale à gauche; le vicomte d'Arbrol entre par la porte du fond et va à un cordon de sonnette
qu'il agite vivement. — Un domestique paraît.

LE VICOMTE.

Madame de Rimbo?

LE DOMESTIQUE.

Monsieur, madame la baronne n'habite pas ce
salon; et si vous voulez me suivre...

LE VICOMTE.

Non; va prévenir ta maîtresse, et j'attends par
devoir. (Le domestique sort.) Qu'importe au reste le lieu
pour dire? la chose à dire est tout.

Bépita entre.

SCÈNE DEUXIÈME.

BÉNITA, LE VICOMTE D'ARBROL.

BÉNITA.

Vicomte, vous m'avez fait appeler, et comme
je n'ignore pas que les philosophes se dérangent
avec peine, me voilà.

LE VICOMTE.

Ne raillons pas, madame.

BÉNITA.

Vérité est-ce raillerie?

LE VICOMTE.

Plus l'une est grande, plus l'autre mord.

BÉNITA.

Eh bien! qu'il ne soit question que de ce qui
vous amène.

LE VICOMTE.

Vous êtes bien calme aujourd'hui.

BÉNITA.

Pourquoi donc ne le serais-je pas? (à part.) Saurait-il?...

LE VICOMTE.

Ce bizarre personnage qui occupe l'attention de tout le pays par son costume et ses apparitions fantasques, ne vient-il pas aussi se mêler à quelques-uns de vos souvenirs?...

BÉNITA.

Vicomte, ce langage a un but que je ne puis comprendre.

LE VICOMTE.

Je vous parle en vieillard, et comme ami du baron de...

UN DOMESTIQUE, entrant et remettant un papier à Bénita,

De la part du marquis de Rudjio.

Il sort.

BÉNITA décachète et lit avec précipitation ; une grande joie brille
dans ses yeux. — A part elle.

A onze heures il viendra... il le promet; il me
l'écrit!... Oui, oui, je vis bien, c'est bien la terre
que je foule, l'air pur que je respire, c'est bien le
jour que je vois... O mon Dieu, merci!...

LE VICOMTE.

Écoutez-moi, madame.

BÉNITA, vivement agitée.

Que je vous écoute, vicomte? Oh! oui... parlez...
Voyez, je suis calme... tranquille... Le ciel est
beau, le soleil brillant, les parfums du soir eni-
vrent; ne trouvez-vous pas, vicomte? L'atmosphère est celle du bonheur, vous êtes près de
moi, et vous êtes mon ami, mon ami véritable.
Et moi aussi je vous aime; demandez un service
à vous rendre, un sacrifice à vous faire... (avec impatience.) Mais demandez-moi donc quelque chose...
Voyez-vous, mon ame est aux délices et il faut
que je donne; j'ai besoin de donner... — Oui,
vous le disiez tout à l'heure, des souvenirs... —

Mais il y a de l'espoir, de la vie à côté de ces souvenirs. (à part.) Quelle horrible pensée j'avais eue !
— Il accepte mon rendez-vous, et ce serait pour
mourir... Oh ! non, non... Je reverrai Pierre...

LE VICOMTE, à part.

Que dit-elle ?

BÉNITA, à part.

J'ai de l'or, des bijoux, un château... je jetterai
tout à Pierre, et ils chercheront leur Homme
Noir, et j'aurai Bénini, moi... et elles s'en iront ;
car elles ne l'aiment pas, elles... et il ne partira
pas, lui... (regardant sa lettre.) Sa lettre... il viendra...
il viendra !... (avec délire.) Oh ! oh ! quelqu'un, quelqu'un pour partager ma joie !...

LE VICOMTE.

Allez donc près de vos enfants, madame.

BÉNITA.

Ah ! oui, que je les voie, ces anges... Arthur,
mon fils, mon fils !

Elle sort précipitamment.

LE VICOMTE, la regardant s'éloigner.

Pauvre femme! quand tu es seule enfermée dans ton salon on pourrait dire de toi : Dans les belles campagnes du Dauphiné il y a un château, dans ce château un salon, dans ce salon une femme, dans cette femme un cœur, dans ce cœur rien, et enfin dans ce rien, tout; car il y a de l'amour!

SCÈNE TROISIÈME.

LE VICOMTE D'ARBROL, ARTHUR.

ARTHUR, préoccupé, entrant par la gauche et n'apercevant pas
le vicomte.

Quel peut être son projet pour ne pas vouloir
encore qu'on sache qu'il est ici?... La mère de
Guitta ne peut rester long-temps cachée, et...

Il s'arrête et paraît réfléchir.

LE VICOMTE, à part.

Il se croit seul; soyons honnête homme. —
Monsieur Arthur!...

ARTHUR, étonné.

Vous ici, vicomte?

LE VICOMTE.

Avez-vous vu votre mère?

ARTHUR.

Non; pourquoi?

LE VICOMTE.

C'est qu'elle devait vous porter des caresses.

ARTHUR.

A moi?

LE VICOMTE.

Et à votre sœur.

ARTHUR.

Amère dérision, vicomte.

LE VICOMTE.

Je vous aime, mon cher Arthur, et l'on ne se moque jamais de ce qu'on aime. La baronne sort d'ici, et semblait voler vers vous en prononçant votre nom.

ARTHUR.

Et celui de Guitta?

LE VICOMTE.

Elle a dit : Ces anges.

ARTHUR.

Ma sœur peut se passer d'elle, à présent.

LE VICOMTE.

Que dites-vous?

ARTHUR.

Vous étiez avant-hier chez madame de Durass?

LE VICOMTE.

Oui; eh bien?

ARTHUR.

Eh bien! ma sœur est la fille de Julia, et l'Homme Noir, c'est mon père.

LE VICOMTE, avec joie.

J'ai retrouvé un ami, vous votre père, Guitta sa mère... Oh! je vois du bonheur à travers tout cela.

ARTHUR.

Et moi, d'affreux pressentiments m'accablent.

LE VICOMTE.

Jeune homme, la vie est belle pour toi; regarde-la en face, elle te tend les bras; car elle te rend ton père, ton premier ami; et dans ta sœur bien-aimée tu peux trouver encore une épouse compagne de ta félicité sur la terre.

ARTHUR.

Oh! j'ai des larmes pour cet espoir, mais j'ai aussi d'horribles craintes.

LE VICOMTE.

Lesquelles?

ARTHUR.

Haine et passion de la baronne; coquetterie de la comtesse; indifférence de Bénini pour Julia; et enfin amour de Guitta pour son père.

LE VICOMTE.

Elle ne sait donc point?...

ARTHUR.

Elle sait tout. — Un instant après que Julia lui a eu dit : Ma fille!... son visage a blanchi et son cœur a battu si fort, qu'elle s'est évanouie.

LE VICOMTE.

Son ame est pure; elle saura comprendre ses devoirs.

ARTHUR.

N'en doutez pas, c'est un volcan qui bouillonne à l'intérieur.

LE VICOMTE.

Il n'en sortira qu'un amour de fille et d'épouse.

ARTHUR.

J'ai peur qu'il n'ait qu'une éruption et qu'un événement rouge ne soit les laves qu'il aura jetées.

LE VICOMTE.

Arthur, un fantôme vous effraie.

ARTHUR.

Fantôme ou mensonge, n'est-ce pas?

LE VICOMTE.

Croyez-le, ce n'est qu'une ombre.

ARTHUR.

Eh! la réalité ne se trouve-t-elle pas souvent à l'ombre du mensonge?... — Enfin, à tort ou à raison, j'ai peur.

LE VICOMTE.

Mais où est le baron?

ARTHUR.

Je ne sais.

LE VICOMTE.

Vous ne savez?

ARTHUR.

En vérité, je l'ignore.

LE VICOMTE.

Quand l'avez-vous vu?

ARTHUR,

Hier.

LE VICOMTE.

Où?

ARTHUR.

Ici.

LE VICOMTE.

Après le bal?

ARTHUR.

Nous étions là, (Il indique le petit banc.) Guitta et
moi, implorant le ciel, quand tout à coup mon
père a paru à cette porte.

Il indique la terrasse.

LE VICOMTE.

Et puis?

ARTHUR.

« Qu'elle ne connaisse point encore ma présence en ces lieux, a-t-il dit en parlant de ma
mère; bientôt vous apprendrez tout, et peut-être
alors nous serons heureux. Trouvez-vous ici demain à onze heures. » — C'est ce soir.

LE VICOMTE.

Et devinez-vous sa pensée?

ARTHUR.

Lorsque je suis entré je cherchais à la saisir.

LE VICOMTE.

Je crois que l'Homme Noir veut parler à Bénita
du baron de Rimbo.

ARTHUR.

Cette prolongation d'incognito est bizarre.

LE VICOMTE.

Ajoutez dangereuse; car ces paysans...

FRANK, qu'on a dû voir dans la salle du fond et qui entre aux
dernières paroles du vicomte.

Rassurez-vous, ils ne le tourmentent plus.

ARTHUR.

Vous écoutiez donc, Frank?

FRANK.

En traversant le salon, (Il indique où il était.) il m'a
semblé entendre que vous vous intéressiez à
l'homme au panache; j'ai cru alors qu'il était de
mon devoir de vous donner quiétude à ce sujet.

LE VICOMTE.

Nous vous remercions, Frank.

Frank va pour sortir; Arthur le retient.

ARTHUR, sans réfléchir.

Depuis quand le hameau ne s'occupe-t-il plus de mon père?

Frank est étonné.

LE VICOMTE, à Arthur.

Est-ce que Frank saurait?...

ARTHUR.

Non. (à Frank.) Frank, gardez le silence sur ce qui vient de m'échapper; mon père, votre maître, vous en prie.

FRANK.

Oui, monsieur.

ARTHUR.

Répondez à ma première question.

FRANK.

Le village est tranquille à dater d'hier soir;

15

madame a parlé à Pierre Leparisien, chef de la bande des rustres ; et depuis, l'Homme, (se reprenant.) mon maître parcourt librement la campagne.

ARTHUR.

C'est bien, Frank ; laissez-nous. (Frank sort.) Ah ! vicomte, quel effroyable soupçon !

LE VICOMTE.

La baronne aurait-elle reconnu?...

ARTHUR.

Vous aussi, vous avez une horrible crainte.

LE VICOMTE.

Pierre Leparisien ! mais, si ma mémoire ne me trompe pas, Pierre est un forçat libéré.

ARTHUR.

Ma mère a toujours eu en haine son mari....

LE VICOMTE.

Elle a vu Pierre hier...

ARTHUR.

Et les paysans se taisent...

LE VICOMTE.

Et la nuit est presque venue... — Cherchons
Pierre l'assassin.

ARTHUR.

Non; car il peut n'être pas seul pour commettre
le crime; cherchons plutôt mon père. — Ah! venez, venez!

Il entraîne le vicomte.

SCÈNE QUATRIÈME.

BÉNITA, LE BARON.

BÉNITA, entrant par la droite et appelant.

Frank! Frank! (Frank ne vient pas. — Alors le baron paraît à la porte de la vieille terrasse; il a son costume d'Homme Noir.—Son masque est à sa main; mais apercevant Bénita, il le reporte promptement à son visage. — Bénita a reconnu son mari. —La nuit, qui arrivait par degrés, est tout-à-fait close après l'entrée en scène de Bénita et du baron.—Bénita :) Lui!... Oh!...

Dernière exclamation prolongée.

LE BARON, s'élançant.

Bénita! ma Bénita!

BÉNITA.

Que voulez-vous?

LE BARON.

Aimer, toujours aimer.

BÉNITA.

Moi, haïr toujours.

LE BARON.

Bénita, ma bien-aimée, tu me repousses encore!

BÉNITA, à part.

Oh! lui! dans cet instant!...

LE BARON.

Tu ne m'entends pas... Dis-moi donc un mot tendre, un seul mot, et j'oublierai huit années de douleur. Non, tu n'imagines pas ce que j'ai souffert. Oh! le corps ce n'est rien; mais le cœur, le cœur! — En m'unissant à toi, j'espérais être heureux; j'espérais un bonheur de tous les jours, une compagne amie; je me donnais à toi, bien comme un époux doit se donner à sa femme; entièrement et sans réserve. Dans mes rêves de cette vie de femme et d'homme, je m'étais créé un paradis dans ce monde... — Si tu savais de quelle manière mon ame comprenait et comprend encore l'amour!... — Quand je te vis pour la pre-

mière fois, je te vis belle, je te vis Italienne ;
et moi qui jusqu'alors avais dormi au berceau
de l'indifférence, je m'éveillai au cri de la passion. — Si de ta bouche il sortait à présent pour
moi une parole d'amour, je te dirais, — car une
seule parole de Bénita ce serait pour moi toute
une éternité de délices, — je te dirais : Il y a dans
le son de ta voix quelque chose de si entraînant,
que le chagrin, les douleurs, l'incertitude, le désespoir, tout se fond pour faire place aux joies
d'avenir. C'est un ange au doux sourire qui
m'apporte le bonheur, et je le reçois comme tu
veux qu'il m'arrive ; grand, inaltérable, intaris-
sable et pur. Je te dirais à toi, mon aimée, mon
Dieu ; merci !... Oh ! je suis fier, je suis quelque
chose, car j'ai ton amour ; amour comme je le
rêve dans ma chaleureuse organisation ; amour
que tu donnes vif et jeune, profond, immense ;
amour, ce miel de la vie qui en adoucit toutes les
plaies, qui change les larmes les plus amères en
une source divine, et qui coule en murmurant :
Volupté ! amour enfin, ce soleil du cœur qui fait
pâlir tout autre sentiment par ses rayons et son

visage de feu. Voilà ce que je te dirais. — Mais
hélas! je le vois, tu ne m'écoutes seulement pas...
Ta haine est inexorable, et tu accordes tout à
celui qui te méprise peut-être, rien à celui qui
t'idolâtre. — Que veux-tu que je dise? que je
fasse?... Que je te tue, que je le poignarde?... —
Oh! je commettrais cent crimes, si tu voulais,
ou plutôt si tu pouvais m'aimer. — Bénita, je
terminerai mes jours dans des larmes de sang;
mais mes yeux et mon cœur les auront seuls ré-
pandues. — Pour finir, une question encore.

BÉNITA, visiblement émue.

Laquelle?

LE BARON.

Crois-tu qu'avec des pensées telles que les
miennes, on puisse errer huit ans, avec privation
des anges que Dieu nous donne, pour tâcher que
la mère de ces anges nous entoure aussi de sa tendresse; le crois-tu, toi? réponds.

BÉNITA.

Oui, oui...

LE BARON.

Oh! tu comprends cela, toi, et tu ne m'aimes pas! Mon Dieu, que t'ai-je donc fait, mon Dieu? (se rapprochant de Bénita.) Je sais tout, Bénita, entends-tu bien? tout! et pourtant, si tu m'aimais, je ne saurais rien, je pardonnerais tout, j'oublierais tout; car c'est l'amour de ton cœur que je veux, et non point celui de ton corps. — Mon fils! notre fils! mais c'est toi qui me l'a donné mon fils : ce présent ne suffit-il pas pour que je te vénère le reste de ma vie, lors même que tu m'accablerais de ce que le malheur a de plus pesant? Vois-tu, nous sommes seuls, et je ne crains pas que le monde se moque... Tu me comprends, toi; oh! pourquoi ne m'aimes-tu pas?

BÉNITA.

Que dirais-je que vous ne sachiez déjà?

LE BARON.

Mais cependant tu aimes notre Arthur; et je suis son père, n'est-ce pas?

BÉNITA.

Oh! oui, je le jure.

LE BARON.

Eh bien! donne donc au père un peu de cette
tendresse que tu as pour le fils. Va, le père saura
la rendre au fils.

BÉNITA, inquiète et agitée par l'attente de Bénini.

Laissez-moi, laissez-moi...

LE BARON.

Quelle entrevue, après huit ans d'absence!...

BÉNITA.

Oh! vous ne me reverriez pas si j'avais pu
changer à votre égard.—Deux ames qui se rencon-
trent et se comprennent savent s'unir si étroitement, que l'absence qui brise l'une, doit éteindre
l'autre.—Lorsqu'on sépare une tête de son corps,
on anéantit le corps et la tête.

LE BARON, avec désespoir.

Que veux-tu donc que je devienne?

BÉNITA.

N'êtes-vous pas maître de vos actions?

LE BARON.

Je le sais.

BÉNITA, avec anxiété.

Et qu'allez-vous faire?

LE BARON.

Partir, quitter le château avec tout ce qui m'appartient.

BÉNITA.

Et moi?

LE BARON.

J'ai dit : Avec tout ce qui m'appartient.

BÉNITA.

Mais cette volonté est horrible.

LE BARON.

Quelle volonté?

BÉNITA.

Celle de me forcer à vous suivre.

LE BARON.

Bénita, dans tout ce que je possède je n'ai point voulu parler de vous; vous êtes libre. (avec entraînement.) Et pourtant sais-tu bien quel sourire m'arrivait, si je puis encore sourire; quelle espérance était la mienne avant de t'avoir revue !...—Je te l'ai dit déjà, et je te le répète encore, si tu m'aimais j'ignorerais tout pour ne songer qu'au bonheur dans l'avenir; au bonheur de nos enfants; car ils peuvent être époux, nos enfants!... — Le marquis de Rudjio reviendrait à Julia, gagnée par les larmes de sa fille; madame de Durass, avec ses fleurs et ses parures saurait se contenter du marquis du Vignal; nous enfin... Oh! qui pourrait rendre le tableau de la vie d'un homme aimé de Bénita?... image douce et paisible que viendrait admirer quelquefois l'honnête abbé Borel et l'ami de mon Arthur.—Mon Arthur! ma Guitta! et toi, Bénita! je vous adorerais tous; oh! j'aimerais tout le monde, si tu voulais aimer le malheureux Homme Noir!...

BÉNITA.

Et ma faute, ma faute?

LE BARON, résolument.

Je te la pardonnerais.

BÉNITA.

Mais elle n'est point de celles qui doivent trouver grace !

LE BARON, avec un désespoir concentré.

Eh bien ! puisque tu le désires si vivement, que ta volonté soit donc faite!... Je ne te pardonne pas!... — Adieu! adieu!...

Il sort par la porte de la terrasse.

BÉNITA, allant sur les pas du baron.

Oui, fuyez! fuyez!...

SCÈNE CINQUIÈME.

BÉNITA, FRANK.

BÉNITA, avec une joie marquée.

Ah!... seule!.. (Elle sonne; Frank paraît.—Avec impatience.)
C'est justement toi dont j'ai besoin, Frank.

FRANK.

Madame?

BÉNITA.

Il faut aller trouver Pierre.

FRANK.

Pierre Leparisien?

BÉNITA.

Oui.

FRANK.

Ensuite?

BÉNITA.

Tu me l'amèneras.

FRANK.

Et s'il ne voulait pas venir?

BÉNITA.

Donne-lui de l'or, et montres-en plus que tu
n'en auras donné.

FRANK.

C'est bien.

BÉNITA.

Va vite, va!

Frank sort.

SCÈNE SIXIÈME.

BÉNITA, seule.

Ce soir, à la onzième heure, qu'allait-il arriver, grand Dieu? Hier, au milieu d'une fête, parmi cette vie palpitante de volupté, moi je rêvais crime et meurtre, et j'achetais tout cela au son d'une musique joyeuse, à la vue des danses et du plaisir. Effroyable inspiration, d'où me venais-tu, dis?... D'un amour si brûlant qu'il me glaçait d'un calcul assassin! — Bénini, hier, tu étais un ange parmi tous ces hommes!... Il me semblait qu'une auréole brillait au-dessus de ta tête, de ta chevelure dorée; et la reine des damnés, la marquise de Durass cherchait à te séduire, à te perdre!... — Oh! alors, j'aimais mieux pour toi un coup mortel porté par l'amour!... — Mais je respire maintenant; Pierre écoutera mes ordres pour y obéir, et personne ne mourra... Et nous, nous fuirons loin d'elles, loin des hommes, loin de la terre qu'ils habitent; et tu me guideras, toi, Bénini... et je te suivrai... et avec toi je ne puis aller qu'au ciel!

SCÈNE SEPTIÈME.

BÉNITA, PIERRE LEPARISIEN.

PIERRE.

Salut, ma châtelaine; qu'est-ce qu'il y a donc de nouveau, pour que votre homme aux espèces, soufflant comme un cheval qui a gagné le prix, soit venu me dire : Ma maîtresse vous demande... — Il m'a interrompu dans mon repas du soir; et pourtant, vous le savez, on ne doit pas plus déranger l'honnête homme qui mange, que la femme qui cause.

BÉNITA.

As-tu l'or que je t'envoyais?

PIERRE.

Oui.

BÉNITA.

Te suffit-il ?

PIERRE.

Non.

16

BÉNITA.

Que veux-tu donc encore?

PIERRE.

Vos ordres.

BÉNITA.

C'est bien ; écoute. — As-tu mon stylet ?

PIERRE.

Un bijou de cette nature est une incrustation dans mon vêtement, comme l'anneau nuptial dans votre doigt.

BÉNITA.

Rends-moi cette arme.

PIERRE.

Pourquoi ?

BÉNITA.

N'attends-tu pas mes ordres ?

Pierre remet le stylet à Bénita.

PIERRE.

Ensuite?

BÉNITA.

Il ne faut plus songer à aucun crime.

PIERRE, avec surprise.

Bah!

BÉNITA.

Tu m'as entendue?

PIERRE.

Parfaitement. — Ainsi donc ce soir à onze heures...

BÉNITA.

Le son des cloches devra seul mourir.

PIERRE.

Et l'Homme Noir?

BÉNITA.

Oh! laisse-le vivre!

PIERRE.

Pourtant, vous me l'aviez promis.

BÉNITA.

Demande-moi tout ce que tu voudras; mais l'Homme Noir, je ne puis te le donner.

PIERRE.

Et tous ceux qui veulent sa mort et qui crient; comment leur imposer silence ?

BÉNITA.

Cherche l'Homme Noir; tu l'avertiras du danger qu'il court; Pierre, tu lui diras de fuir et tu auras fait quelque chose de bien... et je te remercierai... et tu reviendras ici; ta récompense y sera prête, et digne de ce que je réclame de toi. — Tu m'apporteras le masque de cet homme, pour que je sois sûre que tu lui as parlé; ou plutôt, non... je m'en rapporte à toi... Oh! tu ne voudrais pas tromper une misérable femme qui t'implore!... N'est-ce pas, Pierre, que tu lui diras de fuir ?

PIERRE.

Mais...

BÉNITA.

Pierre, il y aura pour toi un crime de moins, et de l'argent de plus.

PIERRE, à part.

C'est que les rustres me paient aussi, eux.

BÉNITA.

Eh bien?...

PIERRE.

J'hésite, ma châtelaine.

BÉNITA.

La raison?

PIERRE, d'un ton tout à coup résolu.

Aucune... — je suis décidé.

BÉNITA, avec joie.

Ah! tiens! tiens!... (Elle lui remet une bourse.) Et puis, attends!... —

Elle sort précipitamment.

PIERRE, regardant ce que Bénita lui a donné.

Que j'attende?... Non... c'est assez pour ce que

je veux faire. (tirant sa montre.) Quelle heure est-il,
belle montre, toi que j'ai prise à celui qui me
tendait l'aumône au bagne?... — Bientôt onze
heures, ma foi! retirons-nous, jusqu'à ce que la
cloche de la petite chapelle vienne me dire : Il
est temps!...

Il sort.

BÉNITA, rentrant avec une cassette et croyant trouver Pierre.

Tiens, voilà des bagues, des colliers, des pierreries... (ne voyant pas Pierre et l'appelant.) Pierre! où es-
tu?... — M'obéira-t-il?....Oh! oui... — Si pourtant
il allait frapper!... — C'était le marquis que je lui
promettais hier... Peut-être a-t-il su que je le trompais? et vengeance alors... Eh! non; je lui donne
des richesses, et il n'est point Italien!... Non, non...
il s'est hâté d'accomplir mes ordres; et moi j'attends mon ange! (La lune donne; Bénita élevant son regard.)
Que cette pâle et douce lumière entraîne avec
charme à une mélancolie d'amour! Oh! si, dans
le cœur de mon amant, il y avait pour moi une
seule étincelle de ce feu qui donne l'existence au
mien; mon Dieu! tu m'entends, je passerais le

reste de ma vie en prières pour te remercier d'avoir voulu que Bénita fût aimée de Bénini. (Elle est à genoux.) O mon Dieu! toi qui as fait mon cœur, me pardonneras-tu toute ma passion et toute ma haine? Je t'implore, Dieu de bonté, mon père! C'est to qui veux que je parte avec lui, n'est-ce pas, c'est toi! Oh! je t'en prie, veille bien sur les jours de Guitta et d'Arthur... d'Arthur, mon fils... Oh! je lui laisse un ami, son soutien, son père! et ma fille adoptive a retrouvé sa mère, Julia! (Elle est en pleurs.) Tu le vois, mon Dieu, mes larmes coulent... Ah! que les remords ne viennent point se mêler à mon bonheur... je t'en supplie, grand Dieu!!... (Elle écoute. Onze heures sonnent lentement.) Bénédiction à toi, heure qui sonne! Merci, merci, mon Dieu, il va venir!

Elle écoute de nouveau.

GUITTA, en dehors, un peu dans l'éloignement et avec une voix de
désespoir.

Mon père, toi que j'aime d'amour, et qui me repousses comme ta fille, adieu, adieu!...

On entend un bruit semblable à celui de deux personnes qui cherchent à être maîtresses l'une de l'autre; le bruit se rapproche, les pas se précipitent ;quelques exclamations.

JULIA, aussi en dehors.

Guitta, ma fille, mon enfant!

GUITTA, toujours en dehors.

Adieu, adieu, ma mère! Bénini!... Arthur!... —

> Aussitôt quelque chose qui ressemble à la chute d'un corps humain résonne sur la terre; il est suivi d'un cri de désespoir, et non de douleur physique; c'est la voix de Julia qui s'est fait entendre. Bénita se dirige précipitamment où le bruit a eu lieu. — L'Homme Noir paraît masqué à la porte de la terrasse; Pierre, qui reparaît, s'élance sur lui et le frappe deux fois; le baron tombe en poussant un cri de douleur. — Bénita revient épouvantée et court vers Pierre.

BÉNITA.

Qu'as-tu donc fait?

PIERRE, arrachant le masque du baron, et le présentant à Bénita avec le sang-froid d'un criminel.

Voilà le masque de l'Homme Noir; il y avait de l'or de deux côtés... (reconnaissant le baron.) Le baron de Rimbo!

TOUS LES RUSTRES, qui sont accourus quand Pierre frappait le baron. — Avec une exclamation triste.

Le baron de Rimbo!

ARTHUR, s'élançant, suivi du vicomte d'Arbrol.

Mon père!... (Il embrasse le baron avec frénésie ; puis tout à coup.) Mais pourquoi donc êtes-vous à terre ?

LE BARON.

Regarde tes mains...vois-tu ?...elles sont rouges.

ARTHUR, épouvanté et d'une voix terrible.

A qui donc le crime ?

TOUS LES RUSTRES.

A Pierre! C'est Pierre !

PIERRE.

A Bénita, la baronne!

BÉNITA.

Oh! mon fils, ne le crois pas !

ARTHUR.

Et ma sœur, où est-elle?

FRANK, paraissant avec un air sinistre ; et avec un ton de douleur.

Hélas! son corps n'offre plus qu'un affreux mélange de chair et de sang.

ARTHUR, anéanti.

Morte!...

LE VICOMTE.

Et sa mère? (à Frank et à plusieurs domestiques empressés autour du baron.) Ah! portez-lui des secours. (Frank sort avec deux des domestiques. Le vicomte au baron.) Mon jeune ami!...

LE BARON, tendant la main au vicomte.

Merci, vicomte... je vous reconnais encore... mais... laissez... c'est inutile... je me meurs...

Arthur et le vicomte ne quittent pas le baron; Bénita demeure immobile et atterrée. — On entend une voiture qui roule. — Tous prêtent l'oreille.

LE VICOMTE.

Quel est ce bruit?

FRANK, reparaissant.

Monsieur de Rudjio et madame de Durass prennent la route de Paris.

BÉNITA.

Lui, partir avec elle! (Elle se précipite vers le baron.) Oh! pardonnez-moi!!...

LE BARON, avec une voix mourante.

Tu ne l'as pas voulu... Eh bien!... Bénita... sois maudite!

Il expire. — La toile tombe.

FIN DU QUATRIÈME ACTE.

Trois mois sont écoulés.

PERSONNAGES.

BÉNITA.

ARTHUR DE RIMBO.

THÉODORE MAKER.

BÉNINI DE RUDJIO.

La comtesse de DURASS.

JULIA DE RUDJIO.

FRANK.

MARTHE, garde-malade.

L'abbé BOREL.

Hommes et Femmes.

Domestiques.

ACTE CINQUIÈME.

Une chambre; une commode sur laquelle sont placés des médicaments, des bouteilles, des flacons, du linge, une veilleuse allumée. Près de la commode, dans le fond du théâtre, rapproché des spectateurs, un lit à rideaux fermés. Au milieu de la chambre une garde-malade semble sommeiller dans un fauteuil. — Issues latérales. — Le jour commence à paraitre.

SCÈNE PREMIÈRE.

MARTHE, ARTHUR.

MARTHE, quittant son fauteuil avec effroi.

Des assassins!... des morts!... des cercueils!...
(portant ses regards vers le lit.) Qu'est-ce donc que je vois

là-bas? (allant près de la commode, et avec calme) Ah! des drogues... je respire... Et pourtant je ne me trompais pas, ce sont toujours des assassins. (prenant une fiole.) De l'opium... en voilà pour empoisonner tout un monde. — Voyons comment va ce matin mon pauvre malade. (entr'ouvrant les rideaux et appelant doucement.) Monsieur Arthur? (Arthur ne répond pas; Marthe élève un peu la voix.) Monsieur, monsieur Arthur?...

ARTHUR, d'une voix faible.

Mon père, ma sœur, est-ce vous?

MARTHE.

Non, c'est Marthe.

ARTHUR.

Qui, Marthe?

MARTHE.

Votre gardienne de nuit.

ARTHUR.

Et Julia, où est-elle?... Je veux la voir... Me quitter!... pourquoi?... Julia!...

MARTHE.

Mais je suis là, monsieur.

ARTHUR

Oh! oui, pour de l'argent... — Marthe, retirez-vous... vous me faites mal... Ah!...

Il paraît souffrir.

MARTHE, prenant sur la commode une fiole et une cuillère.

Monsieur, il faut boire un peu de cette potion (à part.) Il ne me répond pas... Monsieur... (Arthur fait un mouvement d'impatience; Marthe, après avoir posé la fiole; un peu éloignée du lit et à demi-voix.) Malheureux jeune homme! il va mourir... — C'est effrayant comme sa voix a baissé depuis hier! A vingt ans, mourir! changer un visage frais et rose pour des traits blanchis et décomposés! — Ses yeux vifs vont s'éteindre, son cœur va cesser de battre, son sourire ne sera plus qu'une grimace horrible, son corps agissant, parlant, aimant peut-être... eh bien! tout cela, un cadavre! c'est-à-dire rien! et à vingt ans! — Suis-je donc pour toujours condamnée à vivre en voyant la mort, et entendant le désespoir?...

17

SCÈNE DEUXIÈME.

LES PRÉCÉDENTS, FRANK.

FRANK, s'approchant de Marthe.

Eh bien! Marthe, comment a-t-il passé la nuit?

MARTHE.

Aucune plainte, aucune demande.

FRANK.

Ne l'auriez-vous point entendu?...

MARTHE.

J'ai rempli mon devoir.

FRANK.

Ce soir, je ferai le mien.

MARTHE.

Monsieur Frank, j'ai peur.

FRANK.

Pourquoi?

MARTHE.

Je crains que toute marque d'attachement lui devienne inutile.

FRANK.

Mais vous disiez que le calme, le repos...

MARTHE.

C'est ainsi que trop souvent la mort s'annonce; elle frappe sans bruit pour qu'on lui ouvre plus vite. C'est alors, que n'étant point attendue, elle terrasse toutes les espérances qui se dressaient contre elle; c'est alors que les crises du cœur arrivent avec celles du mourant; alors une mère se précipite sur son fils, un amant près de sa maîtresse, un frère dans les bras de sa sœur. — Une bouche vivante presse en vain des lèvres glacées pour chercher à rappeler cette animation après laquelle se cramponne celui qui aime... — Mais la vie s'échappe, s'enfuit, s'arrête et ne revient plus. (A Frank, qui l'écoute et la regarde avec étonnement.) Ah! monsieur Frank, quel métier que le mien!... Le destin qui m'a conduite, et le malheur qui m'a recueillie

font seuls que je l'exerce... Encore je suis re-
poussée; car on me paie!

Elle porte son mouchoir à ses yeux.

FRANK, prêtant l'oreille.

N'entendez-vous pas dans l'appartement voi-
sin?...

MARTHE, écoutant aussi.

Non...

ARTHUR, appelant.

Frank?...

FRANK, courant au lit d'Arthur, ainsi que Marthe.

Monsieur?...

ARTHUR.

Mon ami... dis donc à Julia qu'elle vienne...

FRANK.

Oui, monsieur.

ARTHUR, avec effort.

Va!... oh!... va!...

FRANK.

Monsieur sait-il que pendant plusieurs nuits,
madame ne l'a pas quitté; et qu'un peu de sommeil...

ARTHUR.

Ah! oui... tu as raison... (Frank fait un signe à Marthe, qui
sort par la droite. — Il s'assied près du lit d'Arthur. — Arthur, lorsque
Frank est assis.) Frank, je vais donc les rejoindre?...

FRANK.

Rejoindre, — qui?

ARTHUR.

L'Homme Noir... et Guitta...

FRANK.

Pourquoi ces tristes souvenirs?... Calmez-vous;
le temps, nos soins et monsieur Théodore vous
sauveront, n'en doutez pas.

ARTHUR.

Depuis quand... sommes-nous à Paris?

FRANK.

Depuis trois mois.

ARTHUR.

Et j'ai presque toujours souffert comme je souffre...

FRANK.

Patience, monsieur, patience; vingt ans sont plus forts que toute la médecine.

ARTHUR.

Merci... mais je ne voudrais pas vivre... Ainsi, c'est bien que je meure.

FRANK.

Votre mère, — l'oubliez-vous?

ARTHUR.

Tu le sais... elle est la cause de nos malheurs.

FRANK.

Pardon de vous en avoir parlé.

ARTHUR.

Elle n'est point ici, Frank... elle ne cherche
point à y être...

FRANK.

Plaignez-la, et pardonnez-lui.

ARTHUR.

Ah! je l'aime encore...

FRANK.

Dieu vous bénira.

ARTHUR.

Qu'il bénisse ma mère... Moi... moi je vais à lui.

FRANK.

Du courage, monsieur; songez à madame de
Rudjio, votre seconde mère.

ARTHUR.

Mon bon Frank, je suis bien mal...

FRANK soulève Arthur, et après l'avoir replacé.

A présent ne parlez plus; monsieur Théodore
l'a recommandé.

ARTHUR.

Oh!... qu'il me laisse faire mes adieux!...

FRANK, d'un ton qui cherche à rassurer.

Point d'adieux; au revoir, monsieur Arthur.
(Il ferme le lit, et descendant la scène.) Bénita, ma maîtresse,
tu es une cruelle femme. Oh! malgré mon dé-
vouement, je devais te quitter...—Tu chasses de
ton château un fils déjà malade parce que tu as
su qu'il avait engagé à partir un homme que tu
voudrais forcer à t'aimer. Mère et amante insensée!
n'as-tu pas vu le malheureux baron de Rimbo,
ton époux, épuiser toutes les douleurs, toutes les
prières, pour avoir un seul regard de toi? L'a-t-il
obtenu, ce regard? lui as-tu donné une seule parole douce ou bienveillante? Non; il lui a fallu
mourir avec amour qui n'était point partagé, et
le coup qu'il reçut, c'est toi qui le dirigeas...—
Bénita, es-tu calme à présent? deux corps ensan-
glantés ne tourmentent-ils pas tes nuits, ton
sommeil?... Et au lieu de conjurer leur ombre en
gardant ton fils, en l'entourant de tous les soins
d'une mère, l'amour viendrait-il encore se rougir

le visage au sang de deux cadavres?...—Ton fils!
mais il est là, ton fils! et toi tu es loin de lui!...
—Julia, l'infortunée Julia, qui n'a point trompé,
et sur qui une femme du monde l'emporte, Julia
te remplace!...Et toi, Bénita, avec un cœur brûlant, toi tu le veux!...Oh! c'est une punition du ciel
avant qu'il te fasse mourir dans des angoisses. —
Cherche, et tu trouveras, sont des mots de Dieu;
et si tu t'étais mise en marche, Dieu t'aurait
saisie par la main pour t'amener vers ton fils. —
Mais peut-être tu pleures seulement sur la perte
de Bénini, et la malédiction de ton époux est sans
doute une parole sainte; voilà pourquoi ton amant
te fait oublier ton fils...—O coquetterie! amour
et jalousie, vous êtes trois faces de Satan!... (Arthur
entr'ouvre ses rideaux et fait un signe à Frank. —Frank y répondant.)
J'y vais, monsieur, j'y vais.

> Il sort précipitamment par où Marthe est sortie. — En ce mo-
> ment on entend des éclats de rire, de la musique de danses
> dans un appartement un peu éloigné.

SCÈNE TROISIÈME.

ARTHUR[1], seul.

Oui... riez... riez, tandis que je me meurs!...
Réjouissez-vous... soyez heureux... Moi, je suis
étendu... triste et souffrant... Triste... car une main
de mère n'est pas là pour presser la mienne...
souffrant... car ma poitrine est en feu... (Silence. —
Il se soulève sur son coude.) Mon cœur est dans mes regards... il s'élance... il cherche quelqu'un pour se
donner, et personne, personne!... (Pause. — Le bruit
et la musique, qui avaient cessé, se font entendre de nouveau.) Oui,
oui... des joies, du plaisir... — Mon sort ne vous
ferait point envie, n'est-ce pas? si vous saviez que
je meurs... Et pourtant... moi je suis au terme du
voyage... Vous, vous avez à vivre... moi, j'ai vécu...
vous dormez, vous... moi je suis au réveil, si la

(1) Arthur est un mourant qui conserve toute sa connaissance
et qui profite de ses derniers instants de vie pour faire des ré-
flexions et des adieux.

vie n'est qu'un rêve... (Pause. — Les efforts d'Arthur pour parler affaiblissent sa voix de plus en plus.) Pour vous... cette vie... que vous craignez de quitter... c'est une rose, n'est-ce pas?... Mais... songez donc... une rose a cent épines... un plaisir... cent chagrins... (On entend rire.) Oh!... ne riez pas tant... vous me faites pitié!... Ah!... mon Dieu!... je souffre!...

Il paraît accablé et se laisse retomber sur son lit, qui se ferme à moitié. — Encore un moment les rires et la musique.

SCÈNE QUATRIÈME.

BÉNINI, ARTHUR.

BÉNINI, en costume de bal, entrant par la gauche.

Il regarde autour de lui, et voyant une sonnette sur la commode, il la prend et l'agite ; un domestique paraît.

Est-ce bien ici chez Arthur de Rimbo?

LE DOMESTIQUE.

Oui, monsieur.

BÉNINI.

Pouvez-vous me donner de ses nouvelles?

LE DOMESTIQUE.

Je vais avertir monsieur Frank.

Il sort.

BÉNINI.

Frank!... la baronne serait-elle?... Théodore, que j'ai vu un instant hier, m'a dit à peine et en hâte qu'Arthur était à Paris, et il m'a jeté son adresse. Depuis mon départ avec la comtesse, j'ignore tout ce qui s'est passé au château, et peut-être...

FRANK, entrant; avec surprise et à demi-voix.

Vous, marquis de Rudjio!

BÉNINI, d'un ton ordinaire.

Moi-même.

FRANK.

Parlez bas.

BÉNINI, étonné et baissant la voix.

Pourquoi?

FRANK, indiquant le lit d'Arthur.

Regardez.

BÉNINI.

Un malade?

FRANK.

Un mourant.

BÉNINI.

Qui donc?

FRANK.

Monsieur Arthur.

BÉNINI.

Que dites-vous?

FRANK.

La vérité.

BÉNINI.

Quelle cause apporte ici la mort?

FRANK.

Ne sauriez-vous pas?...

BÉNINI.

Je ne sais rien.

FRANK.

Vraiment, vous ignorez?...

BÉNINI.

Je le jure.

FRANK.

Hélas! qu'allez-vous apprendre?

BÉNINI, avec impatience.

Qu'importe?... l'incertitude est un poison du cœur; secourez le mien, parlez... (En cet instant Marthe entre; elle va porter des soins à Arthur; elle s'assied près de son lit; Arthur paraît insensible. — Bénini, qui a retourné sa tête à l'entrée de Marthe.) Mais avant...

Il se dirige au lit d'Arthur.

FRANK, retenant le marquis avec effroi.

N'approchez pas... votre vue lui rappellerait d'affreux souvenirs, et toute émotion forte lui est interdite.

BÉNINI, cédant.

Alors, je vous écoute.

FRANK.

Il y a trois mois, quand vous quittiez le Dauphiné, votre enfant quittait le monde.

BÉNINI.

Ciel! qu'ai-je entendu?

FRANK.

Oui, monsieur, morte de son vouloir, et broyée
contre la terre, au pied de la vieille terrasse.

BÉNINI, avec désespoir.

Ah! malheureuse enfant!... C'était la mienne,
c'était ma fille!... Ah! Frank... Que dirais-je? je
n'ai plus qu'à pleurer!

Il porte son mouchoir à ses yeux.

FRANK, examinant le costume de Bénini.

Pourquoi donc ce costume?

BÉNINI.

Toujours des bals, des fêtes!... Le démon m'y
entraîne.

FRANK.

Et... seul?

BÉNINI.

Non; avec lui... avec la marquise de Durass.

FRANK.

Encore elle?

BÉNINI.

Oh!... allez, je me meurs dans cette vie de plaisirs.

FRANK.

Il faut renoncer...

BÉNINI.

A la vie, ou à la comtesse?

FRANK.

Fuyez madame de Durass.

BÉNINI.

Et aussi l'existence.

FRANK.

Ecouteriez-vous les avis d'un vieux serviteur?

BÉNINI.

Oh! oui; eh bien?

FRANK.

Eh bien! monsieur, vivez pour elle et avec elle.

18

BÉNINI.

Cependant vous me disiez...

FRANK.

Ne comprenez-vous pas?

BÉNINI.

Avec la baronne?

FRANK.

Non; quoique à présent elle soit libre.

BÉNINI, avec étonnement.

Libre!

FRANK.

Le baron de Rimbo, l'Homme Noir, est mort
assassiné.

BÉNINI.

Assassiné!

FRANK.

Son dernier soupir a dû rencontrer celui de
votre fille.

BÉNINI.

Oh! assez, Frank... assez... Ma fille!

FRANK.

Puissent ces événements vous faire retourner
près de sa mère!

BÉNINI.

Julia!... où est-elle?

FRANK.

Plus tard vous le saurez.

BÉNINI.

Oh! à l'instant, je vous supplie... Malheureuse
mère!... infortunée Guitta!...

Ces deux dernières exclamations sont prononcées d'une voix
forte de désespoir.—Marthe n'a pas quitté le lit d'Arthur.

FRANK, à Bénini.

Entendez-vous?

Tous deux écoutent.

ARTHUR.

Guitta... qui a dit ce nom?...

MARTHE.

Personne, monsieur.

ARTHUR.

Mensonge... (Il se soulève avec effort pour voir et pour parler.
— apercevant Bénini.) Marquis?... (Bénini demeure à sa place.)
Marquis... de Rudjio...

BÉNINI, à Frank.

Il me reconnaît...Faut-il m'approcher?

FRANK.

Oui, allez.

    Bénini s'approche d'Arthur ; Frank sort et rentre bientôt par
    la droite ; Marthe s'éloigne un peu.

ARTHUR.

Marquis... mon père... ma sœur, votre fille...
sont morts... et moi... je vais mourir... et ma mère
vous aime...

BÉNINI.

Oh! je comprends... ne m'accablez pas!...

ARTHUR.

Je ne reproche rien... mais...

Sa parole expire.

BÉNINI.

Mon pardon, Arthur !

ARTHUR.

Vous avez hâte... n'est-ce pas ?

BÉNINI.

Oui, mon pardon ; mais je ne crains rien pour vous...

ARTHUR.

Votre pardon...? Peut-être.

BÉNINI.

A genoux et au nom du ciel, je l'implore ! — Que faut-il faire ?

Bénini est à genoux devant le lit ; Frank qui est rentré, et Marthe, se tiennent à l'écart.

ARTHUR.

Rien... pensez...

BÉNINI.

O Julia!...

ARTHUR, tendant la main au marquis.

Je vous pardonne...

Il retombe entraîné par les douleurs qu'il paraît ressentir.

BÉNINI, se relevant.

Merci, merci!

Il est occupé à examiner Arthur.

MARTHE, s'approchant de Bénini.

Assez, monsieur, et trop sans doute; voyez comme il souffre.

BÉNINI, à Frank.

Qu'a-t-il donc sur la poitrine?

FRANK.

Une large blessure que, malgré sa frêle organisation et ses maux du cœur, il n'a pas craint de recevoir dans des bruits populaires.

BÉNINI.

La baronne est ici, n'est-ce pas?

FRANK.

Non.

BÉNINI.

Comment, sa mère?... (Tout à coup.) Mais est-ce à
moi, misérable, est-ce à moi d'être surpris de la
cruauté d'une mère...?

FRANK.

La baronne eut connaissance de votre entretien avec son fils, et il fut pour ainsi dire chassé.
— Jeune et fier, Arthur quitta la maison de Rimbo.

BÉNINI.

Lui! chassé pour moi!

FRANK.

Elle vous aime tant! monsieur.

BÉNINI, à part.

O malheurs que j'ai causés, dévorez bien mon
ame!... (à Frank.) Oui, Frank, quoi qu'il arrive, je

vivrai pour répandre des pleurs; ce sera mon châtiment. — Aucune femme qui l'aime n'est donc là pour soigner mon fils?... car il doit être mon fils, Arthur... Ah! puisse mon amour pour lui le sauver et m'absoudre!... — Dites donc, Frank, aucune femme?

FRANK.

Si; mad... (Il s'arrête. — à part.) Non; elle est trop faible en ce moment.

BÉNINI, avec impatience.

Eh bien! qui?

FRANK.

Marthe, la bonne Marthe.

BÉNINI.

Vous me cachez Julia; où est-elle? Oh! maintenant que j'ai mon pardon, j'en veux être digne.

Arthur se soulève et indique la chambre de Julia, à droite.
— Le marquis va s'élancer, lorsque les danses et la musique reprennent.

UN DOMESTIQUE entre par la gauche en disant:

Madame, c'est ici qu'il est entré. (Le domestique est

immédiatement suivi de la comtesse de Durass, aussi en costume de bal ; elle paraît surprise en voyant Bénini avec Frank. — Mais sans attendre qu'elle prononce un mot, le marquis l'entraîne et dit à Frank.) A bientôt, bientôt !... Venez, comtesse de Duras !...

Ils sortent avec le domestique.—Courte scène muette entre Frank et Marthe.—Marthe ne quitte pas Arthur.

SCÈNE CINQUIÈME.

LES PRÉCÉDENTS, THÉODORE.

THÉODORE, entrant par une des issues à droite, et allant à Frank ;
d'un air inquiet et d'une voix basse.

Eh bien?...

FRANK.

Voyez-le, monsieur.

THÉODORE.

Frank, quel air triste!

FRANK, élevant un peu la voix.

Oh! sauvez mon jeune maître...

THÉODORE.

Chut...! —Cependant, hier...

FRANK.

C'est vrai.

THÉODORE.

Que s'est-il donc passé?

MARTHE, à Théodore, sur un signe d'Arthur.

Monsieur, il vous demande.

THÉODORE, s'approchant.

Bonjour, Arthur.

Il est effrayé de l'état de son ami.

ARTHUR, après avoir pressé la main de Théodore.

Tiens... voilà mon bras...

THÉODORE.

C'est inutile, je sais; tu vas beaucoup mieux.

ARTHUR,

Permets-tu... de parler... aujourd'hui?

THÉODORE.

Sans doute.

ARTHUR.

C'est mon arrêt...

THÉODORE.

Enfant !

Il détourne la tête.

ARTHUR.

Théodore... adieu !... Peut-être un autre médecin... mais toi... ami... confiance... et...

Il ne peut achever.

THÉODORE.

Je vais panser ta blessure.

ARTHUR, se ranimant.

Oh ! non... je mourrais plus tôt... et... vous voir...
plus long-temps...

THÉODORE.

Tu te décideras pendant qu'ici même, dans
cette maison, je ferai une courte visite.

ARTHUR.

Tu ne me reverras plus...

THÉODORE, portant involontairement sa main à ses yeux.

Si je le pensais, te quitterais-je ?

ARTHUR.

Ne pleure pas... parle de moi... à ma mère...

THÉODORE.

Oui, oui... je reviens à l'instant... (allant à Frank, qui interroge des regards Théodore.) Mais que s'est-il donc passé?

Marthe présente sans cesse à Arthur des médicaments qu'il refuse toujours.

FRANK.

Le marquis de Rudjio est venu.

THÉODORE.

Ce matin?

FRANK.

Sur l'heure.

THÉODORE.

Et madame de Rudjio, comment va-t-elle?

FRANK.

Elle est d'une faiblesse et d'un accablement qui présagent la mort.

THÉODORE.

La baronne n'a point paru?

FRANK.

Non.

THÉODORE.

Quelle femme!—Oh! oui, je lui parlerai de son fils... Je veux que mes paroles mettent en son ame toute l'horreur qu'elle m'inspire. — Et pourtant,... malheureuse femme! (à Frank et à Marthe.) Ne vous éloignez pas.

MARTHE.

Non, monsieur.

THÉODORE.

Accordez-lui tout ce qu'il désirera.

FRANK.

Oui, monsieur.

THÉODORE.

Je remonte de suite... Je verrai aussi Julia; soignez bien l'un et l'autre.

Il sort précipitamment. Marthe, sur un signe de Frank,

entre dans la chambre de Julia. Frank regarde son jeune
maître en homme que le chagrin accable; Arthur lui
tend sa main, qu'il embrasse.—Scène muette. — Marthe
reparaît bientôt , soutenant, avec un domestique , Julia
qui va au lit d'Arthur et y tombe appuyée sur un de ses
coudes. — Vêtements en désordre. —Pâleur mortelle.

ARTHUR, à Frank et à Marthe.

Laissez-nous...

Frank jette un regard, dit un mot au domestique qui reste à l'écart ,
et sort.

MARTHE, à part.

Il est temps !... j'y vais...

Elle sort aussi.

SCÈNE SIXIÈME.

ARTHUR, JULIA.

JULIA, *d'une voix faible.*

Arthur... mon ami, mon fils!... Elle se jette sur la poitrine d'Arthur qui pousse un cri étouffé.—Avec un reste de force, se retirant effrayée.) Oh!... pardonne... je ne songe qu'à toi... et pas à tes souffrances...

ARTHUR.

Julia... ma mère... je vous vois... je suis heureux...

JULIA.

Mon fils... je t'ai rendu... ce que Bénita a donné... à ma fille.

ARTHUR.

Merci... merci... je meurs...

JULIA.

Et moi aussi, je meurs...

Elle se laisse aller entièrement sur le lit.

ARTHUR, se ranimant un peu et par des derniers efforts de vie.

Mon Dieu... ma mère... qu'as-tu fait?...

JULIA.

Rien... [mais les veilles... aucun aliment... et puis...

ARTHUR.

Au secours!...

Le domestique s'approche et sort précipitamment.

JULIA, mourante.

Pourquoi du secours...? Tu vois bien... que ta voix... va s'éteindre...ranimer la mienne... non... la mort... sur nous deux...

Elle glisse du lit sur le parquet. — On accourt.

ARTHUR.

Emportez... soins... nourriture...

Il articule à peine ces derniers mots.

THÉODORE rentre; il voit qu'on emporte Julia et ne sait où se diriger; cependant il reste près d'Arthur, et avec un accent désespéré.

Adieu, Arthur!

19

ARTHUR, qui parait insensible aux paroles de Théodore ; heurte de
sa main défaillante une sonnette qui roule avec bruit.—Frank paraît.
Arthur se mourant.

Eh bien... elle...?

FRANK, à Théodore.

Hélas! Julia n'est plus!

Arthur, qui a semblé entendre, se débat dans son lit avec
la mort. — Théodore et Frank se précipitent vers lui.
Après un court instant.

THÉODORE.

Il est mort!

On entend à droite des pas qui se précipitent et s'approchent.

BÉNITA, qui s'élance dans la chambre et qui voit Théodore et Frank.

Frank!... Théodore!... Oh! c'est bien là!...

Elle aperçoit le lit et veut s'y diriger.

THÉODORE, la repoussant.

Arrière, madame, arrière!...

BÉNITA.

Oh! qu'allez-vous me dire?

THÉODORE, poursuivant sa pensée ; Bénita l'écoute haletante.

Car s'il n'était pas mort, peut-être l'étoufferiez-vous.

BÉNITA.

Oh!...

Elle va tomber dans les bras de Frank.

THÉODORE, avec amertume.

Du désespoir! des pleurs! Attendez donc pour montrer tout cela qu'il y ait des regards attachés sur vous; de ces regards du cœur qui ne croient point à la cruauté d'une mère, attendez qu'il y ait de ces gens qui disent : C'est votre mère! ne pensant qu'au hasard et n'examinant pas la nature qui se tord en jetant les griffes; attendez enfin qu'il y ait de ces fils heureux et incrédules qui ont tous les jours leurs baisers, et qui ne peuvent comprendre pourquoi d'autres lèvres ne se posent pas sur du verre qui coupe toujours sans jamais s'attendrir ! Oh! oui, attendez.—Voyez-vous, ici, il n'y a que moi et deux cadavres long-temps crispés avant d'être cadavres. (Bénita frissonne; il la conduit à la porte de la chambre de Julia ; elle veut s'arrêter près du lit d'Arthur. Théodore l'entraînant et poursuivant.) Pour bien jouir de votre ouvrage, il vous en faudrait encore deux, n'est-ce pas ? La sœur et le père... Mais, vous vous rappellerez ces quatre victimes dont vous fûtes le bourreau; et alors vous vivrez long-temps; car la mort est rarement prompte pour ceux qui la donnent.

BÉNITA.

Oh! vous me trompez... il est là, mon fils!... il est là, vivant!... Oui... oui... — (Elle s'élance et saisissant la main d'Arthur.) Glacée! oh! oh!...

> Elle recule épouvantée. — Alors, des regards, elle semble chercher quelque chose. —Tout à coup, elle s'empare de l'opium qui est sur la commode et l'avale tout d'un trait.

FRANK, se précipitant vers Bénita.

Que faites-vous?...

BÉNITA.

Mon fils... je te venge!... (Elle tombe à gauche du théâtre, contre le lit d'Arthur. Frank et les domestiques cherchent à lui donner des secours. — Bénita.) Non... laissez... Arthur!... Bénini!...

THÉODORE.

Bénini! ce mot est son dernier souvenir!

BÉNITA, se mourant.

Théodore... craignez l'amour... je me meurs... est-ce bien?...

THÉODORE.

Hélas! c'est vingt ans trop tard.

> Bénita s'agite encore quelques instants et expire. — En ce moment Marthe entre par la gauche, et montre le lit d'Arthur. — L'abbé Borel la suit en costume de prêtre qui va donner l'extrême-onction; il a sa croix, ses clercs qui portent des cierges. Plusieurs personnes suivent. — L'abbé reconnaît d'abord Théodore, qui lui fait signe que son ministère est inutile; puis il lui montre Arthur; puis il lui fait voir dans la chambre de Julia; et enfin il le ramène auprès de Bénita. — L'abbé regarde cette dernière en homme dont les sensations diverses se croisent brusquement; ensuite il revient à Arthur. — Le marquis de Rudjio paraît par la droite, et comme inspiré, voyant tout ce qui s'offre à ses regards, il va se mettre à deux genoux sur le seuil de la porte de la chambre de Julia. — On entend en dehors un tambour; à son rappel succède une voix qui crie:

Relation du jugement de Pierre Leparisien,

condamné à mort dans le Dauphiné pour avoir
assassiné dans son château le baron de Rimbo, dit
l'Homme Noir.

Bruit d'une foule curieuse.

L'ABBÉ BOREL, faisant signe à l'assistance.

Mes frères, prions pour eux!

Tous s'agenouillent.—La toile tombe.

FIN.

Si l'auteur ne doit pas condamner entièrement la composition de ce drame, c'est, sans contredit, la pensée de son cinquième acte qu'il dépréciera le moins; parce qu'il l'a saisie comme un œil toujours ouvert et fixe, qui essaie sans cesse d'attirer sur lui d'autres yeux, au profit de la morale. — Mais, malheureusement, l'auteur reconnaît trop tard toute son incapacité, et il craint fort que l'exécution n'ait perdu sa pensée. — Vouloir faire, est quelque chose; faire mal, ce n'est rien.

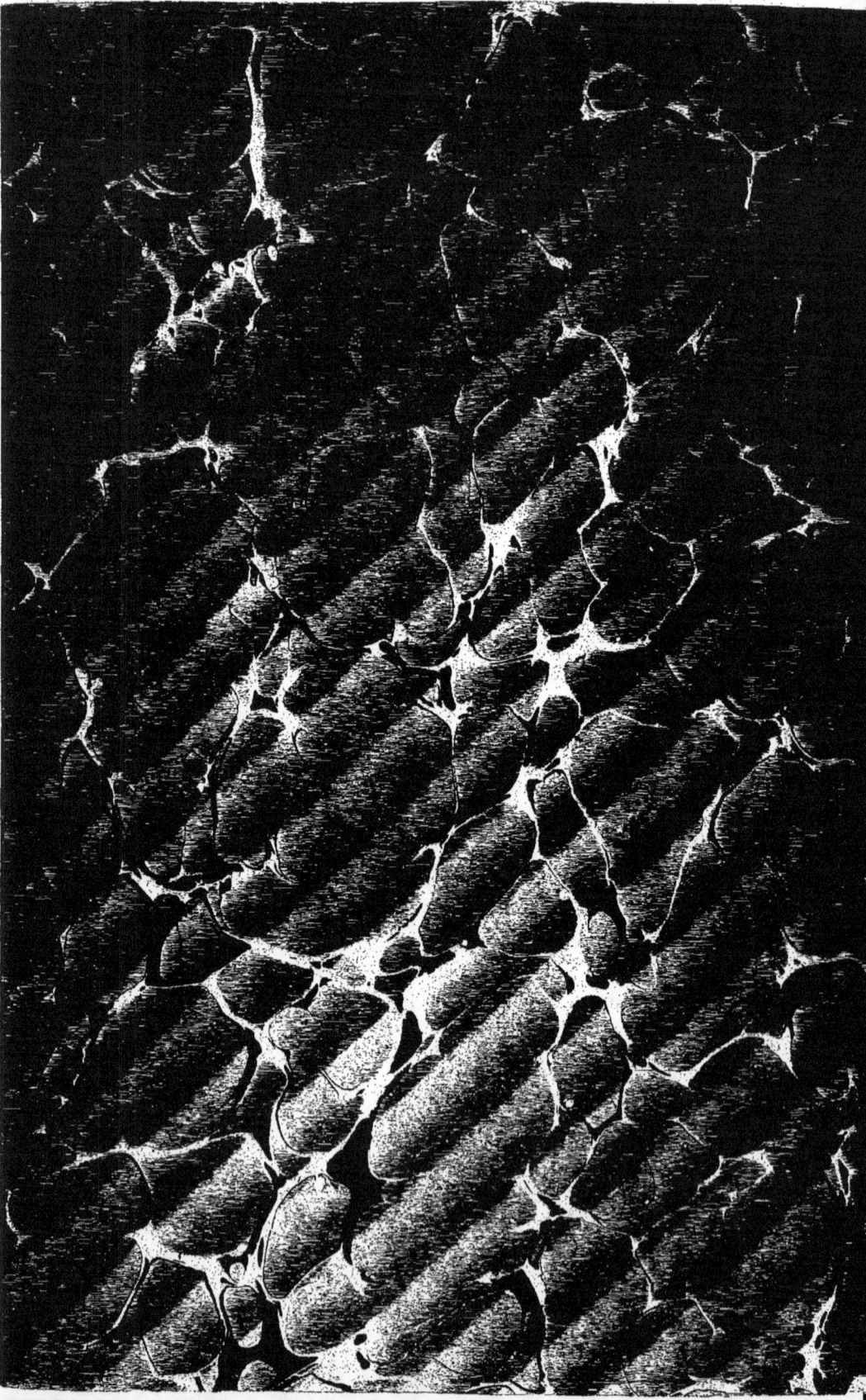

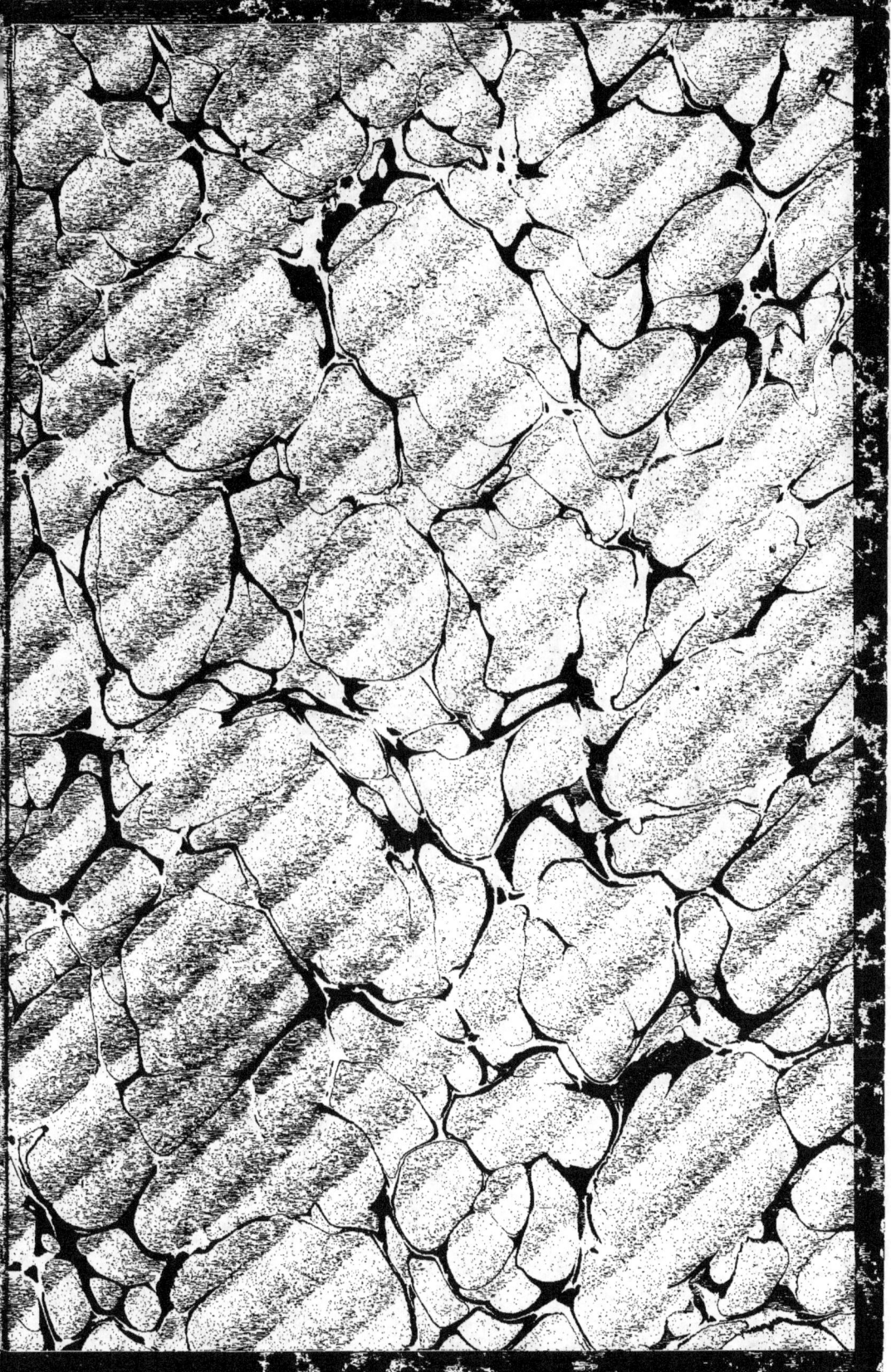

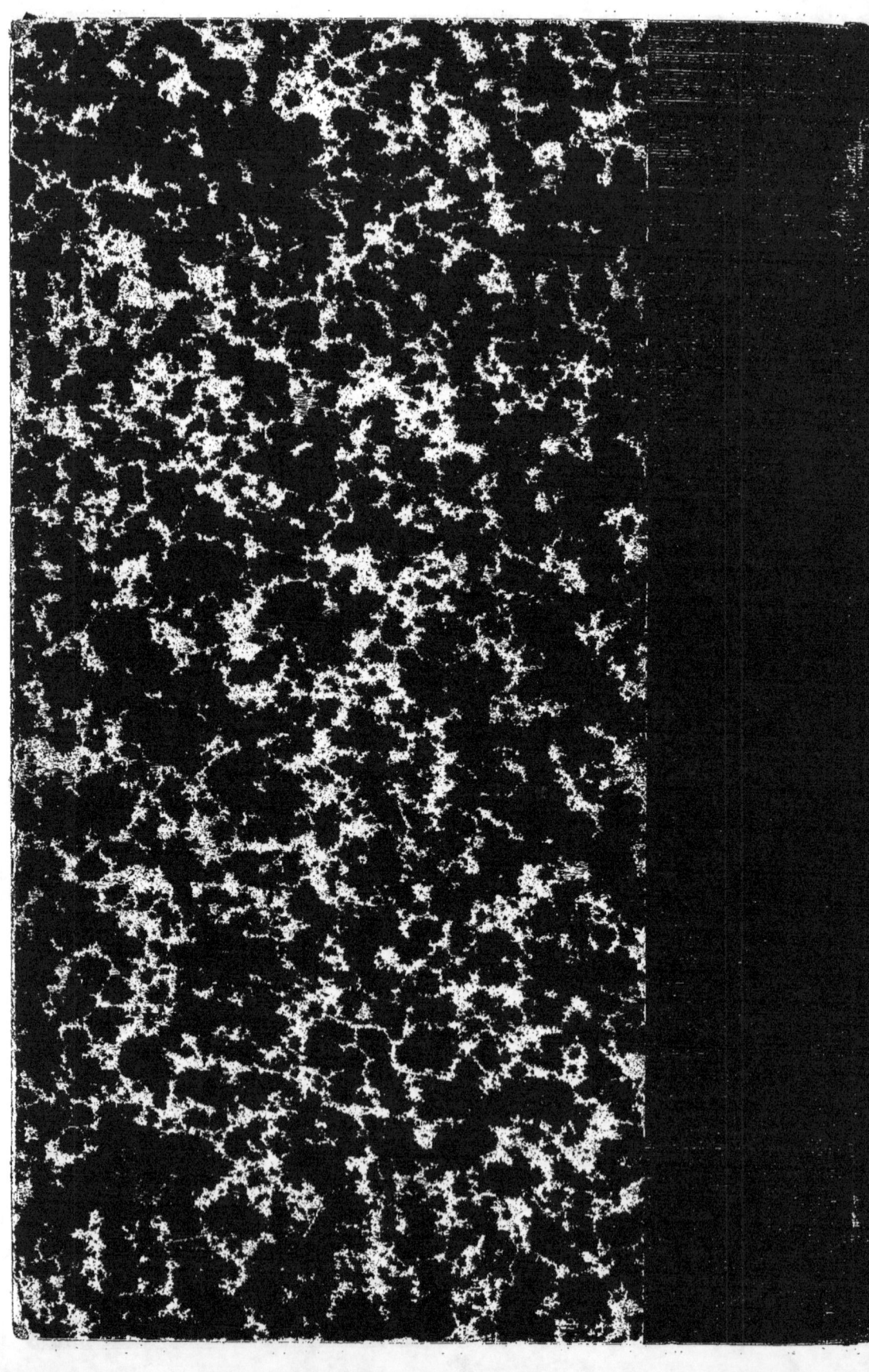

X. FORNERET

L'HOMME

NOIR

9. 1838